吸血鬼と愉快な仲間たち

bitterness of youth

木原音瀬

集英社文庫

Contents

吸血鬼と愉快な仲間たち

The vampire
and his pleasant
companions

bitterness of youth

吸血鬼と愉快な仲間たち

bitterness of youth

「きゃっ、驚いた」

事務員の松村《まつむら》がファイルを抱えたまま、跳び上がるようにして後ずさった。

「ドアの前に立っているなんて思わなかったわ。ぶつからなかった？」

首を傾《かし》げ、こちらの顔を覗《のぞ》き込んでくる。

「大丈夫だ」

前髪を掠《かす》めた風圧にはひやりとしたが、直撃は免れた。高塚暁《たかつかあきら》がエンバーマーとして勤める葬祭会館『オールドメモリアルセンター』は、同じ敷地内にエンバーミング施設が併設されている。葬祭会館の方は人の出入りも多いが、エンバーミング施設は建物の大きさの割に人は少ない。事務員が二人、エンバーマー二人に研修生二人の六人だけ。この人数で衝突事故がおこりそうになるとは、ピンポイントでタイミングが悪い。

「何かこっちに用？」

松村の問いかけに、暁は小さく息をつき、事務室の壁に手をついた。

「小柳《こやなぎ》を家に帰した。病院から連絡があって、奥さんが倒れたそうだ」

松村は「えっ」と呟《つぶや》き、眉を顰《ひそ》めた。小声で尋ねてくる。

「……容体《ようだい》はどうなの？」

「詳しいことはわからないが、しばらく入院することになるかもしれないと話してた。今日は小柳の担当が一体あったと思うんだが、それは俺が請け負う。アレンジメントの申し送りは受けたから、ご遺体の書類をもらえないか。データが来てると聞いたんだが」

松村は「ああ」と頷いた。

「そうしてもらえるとすごく助かるわ。葬儀の日時はずらせないし、ご遺族に他のエンバーミング施設を紹介するっていうのも失礼だし。いつもしわ寄せが高塚君にいっちゃって、本当に申し訳ないんだけど」

「別にかまわない。予定もないしな」

するとファイルでポンと腕を叩《たた》かれた。

「寂しいことを言わないで。『恋人とデートがあったのに』ぐらい愚痴ってちょうだい」

「見栄《みえ》を張る必要もないだろう」

松村は「もうっ」と苛立《いらだ》った調子で腰に手をあてた。

「働き者は大歓迎だけど、もっと自分の人生も楽しんで」

他人の目から見て、人生を謳歌《おうか》していないように映るんだろうか。どこが、どんな風に？　胸の中での問いかけに答えはなく、松村は「そうだ」と小さく手を叩いた。

「誰か清掃のアルバイトに心当たりはないかしら？」

「募集をかけてるんじゃないのか？」

「そうなんだけど」

松村は唇を尖《とが》らせ、手にしていたファイルを指で弾《はじ》いた。

「時給を高めに設定しても、なかなか人が集まらないの。やっぱりご遺体を処置する場所っていうのがネックなのかな。ケインさんが辞めちゃってから全然人が居着かなくて。あの子、真面目で丁寧だったから本当によかったのに、アメリカに帰っちゃったんじゃ仕方ないわよね」

暁は右手をスッと差し出した。

「小柳の担当の書類」

「あら、ごめんなさい。ちょっと待って」

松村は事務室の奥へ引っ込むと、書類を取ってきた。

「これよ。病死のご遺体みたい。解剖がなければ、早く終わるのよね？」

暁は死亡診断書のコピーを受け取った。

「血管が脆《もろ》くなければ……」

最初に見たのは直接死因の欄。多臓器不全と記されていた。原因は右肺悪性腫瘍。それから生年月日、性別、最後に名前の欄を見た。

『諫早誉一《いさはやたかいち》』

もう一度、見直す。六十二歳。歳《とし》も確かそれぐらいだった。……諫早という名字はそう多くない。

凝視していた書類を二つ折りにした。

「高塚君、どうかした？」

「……知り合いかもしれん」

松村は驚いた表情で口許《くちもと》に手をあてた。

「えっ、そうなの。大丈夫？」

「同姓同名かもしれないし、顔を見ないと本人かどうかわからないが……どちらにしろ十年以上会ってないし、付き合いもなかったから問題ない」

書類を手に、控え室へ戻る。去年は津野《つの》、見習いの室井《むろい》もいて手狭に感じたが、一人になるとだだっ広く感じる。津野は実家の葬祭会館のエンバーミング施設が完成したのでそちらに戻り、室井もそこへ就職した。今年も研修生は二人いるが今日はどちらも来ていない。

もう一度、諫早の書類を見た。文字の羅列、いつもは情報を得るだけのそれが、意味を持つ。自分はこの男を憎んでいるんだろうか。しばらく考えてみるも、死んでしまえと思ったことはない。ただあの頃は顔も見たくなかった。では今はどうだ？

結局、自分はこの男との問題を解決できなかった。それは永遠にしこりとなって残る。相手にはもう話すべき声がない。あるのは活動が停止した抜け殻だけだ。

電話の呼び出し音が、静かな部屋に響き渡る。

『高塚君、例の小柳君が担当だったご遺体が来たわ』

「すぐ行く」

電話を切り、控え室を出た。相手が誰でも関係ない。自分の仕事は、ここに来たご遺体をエンバーミングし、家族のもとに返す……それだけだ。

＊　＊　＊

「ただいま」

玄関のドアを開け、暁は奥の部屋へ向かって元気よく声をかけた。

「おかえり」

柔らかい返事がある。靴をそろえて脱ぎ、タタッと廊下を走って台所を覗き込むと、四人がけのテーブルの上にお皿が見えた。香ばしくて甘い匂いが鼻腔《びこう》をくすぐる。振り返った叔母さんが「ランドセルを置いて、手を洗ってからね」と微笑《ほほえ》んだ。

自分の部屋にランドセルを放り投げ、洗面所で手を洗う。それから台所に行くと「食べていいわよ」とお許しが出た。二つあるドーナツのうち一つを手に取り、がぶりと噛《か》みつく。まだ温かいそれは、中がふんわりして美味《おい》しかった。

「そうだ暁、悟史《さとし》を知らない？」

向かい側に腰掛けた叔母さんが、お茶を飲みながら聞いてくる。

「知らない」

帰り道、同じクラスの子と前を歩いていたけど、途中からいなくなった。そのまま公園に行ったか、友達の家に遊びに行ったんじゃないだろうか。暁がおやつを食べ終わると、叔母さんは椅子から立ち上がり、かけていたエプロンを外した。

「ちょっとお夕飯の買い物に行ってくるわ」

「俺も一緒に行っていい？」

叔母さんは「いいわよ」と頷《うなず》いた。二人で近くのスーパーへ行く。買い物かごには、人参《にんじん》、玉葱《たまねぎ》と順々に入れられていく。

「今日はカレー？」

振り返った叔母さんは「大当たり」と目を細めて笑った。会計の終わったカレーの材料を、ビニール袋二つに分けて、小さい方を暁は握り締めた。叔母さんは「二つとも私が持つわよ」と言ったけど、手伝いたかった。

「あら、柏木《かしわぎ》さん。お買い物？」

スーパーを出たところで、眼鏡の女の人に声をかけられた。

「こんにちは、石黒《いしぐろ》さん」

叔母さんは立ち止まる。眼鏡の人は、隣にいる自分をチラリと見下ろして「息子さん？」と聞いてきた。

「いいえ、甥《おい》っ子《こ》なんです」

「あらそう。随分綺麗《きれい》な子ね。男の子にしておくのがもったいないわ。何年生なの？」

「五年生なんです」

「あら、ちっちゃいわね。二、三年生ぐらいかと思ったわ」

叔母さんは五分ぐらい立ち話をしていた。別れ際、眼鏡の石黒さんは「本当、綺麗な子ね」と念を押すように繰り返した。

「おばさんの話は退屈だったでしょ」

自分が浮かない顔をしていることに気づいたのか、そう聞かれた。首を横に振ったけど、甥っ子と言い直さなくても、息子でいいのに……と思ったことは口にできなかった。

風が吹くと、叔母さんの髪がふわっと後ろになびく。まっすぐでサラサラして綺麗だ。暁は自分の、癖の強い髪を左手でぐしゃぐしゃ掻《か》き回した。

「暁は友達の家に遊びに行ったりしないの？」

小さなビニール袋を、もっと強く握り締める。

「友達、いない」

「あら、どうして？」

「髪で、嫌なこと言われる」

どんなに洗っても、乾いたら髪の毛がくるくるになる。これのせいで、クラスでは「鳥の巣」とからかわれる。叔母さんと同じまっすぐな髪がよかった。悟史も叔母さんと一緒で、髪が伸びても絶対に「鳥の巣」になったりしない。

「どんな嫌なことを言われるの？　暁の髪は綿毛みたいで可愛《かわい》いのに」

叔母さんの白い手が、頭の上にそっと置かれる。温かくて柔らかい指先に撫《な》でられると、胸の中までふわふわして、飛び跳ねたくなる。

自分にはお父さんとお母さんがいない。だからお父さんの妹、叔母さん夫婦の家で暮らしている。三歳の時に親が離婚して、お父さんの方に引き取られたけど、五歳の時に病気で死んだ。お母さんも離婚してすぐ、事故で死んだって聞いた。お父さんの写真はある。お母さんのはない。

叔母さんには自分と同い歳の一人息子、悟史がいる。我が儘《わがまま》な甘えん坊で、小さい頃は自分が叔母さんと話していたら「ママを取るな」と泣いて怒り、お店に行くと「あの玩具《おもちゃ》が欲しい」と床に転がってわめき散らした。叔母さんは困った顔をしながら、悟史と自分に同じ玩具を買ってくれた。「俺はいらないよ」と言っても「いいの」と優しく笑う。買ってもらった玩具を悟史は三日で放り出し、自分はすごくすごく大事にした。

悟史は今でもよく「ゲーム買って」と叔母さんにおねだりするけど、前ほどべったり甘えなくなった。学校が終わったら家にも帰らず友達と遊びに行く。多分、自分といたくないんだろう。一緒にいるのを叔父さんに見つかったら、絶対に勉強のことを言われるからだ。

三年生ぐらいから、真面目に勉強をしない悟史はテストでいい点が取れなくなった。自分はいつも九十点以上で、叔母さんは「暁は偉いね」と褒めてくれた後で「悟史も暁ぐらい頑張ってくれたらなあ」とため息をついた。

同じテストを受けて自分が九十六点、悟史が六十点の時があった。この時の悟史は頑張っていたのに、運悪く二枚のテストが叔父さんに見つかってしまった。普段の悟史の点数を知らなかった叔父さんは「どうして暁よりもこんなに悪いんだ」と息子を怒鳴りつけた。

悟史は泣いて家を飛び出し、夜中になっても帰ってこなくて大騒ぎになった。それから暁は自分のテストを叔母さんに見せるのをやめた。テストの点が悪いのは悟史が勉強しないせいだけど、比べられるのは可哀想《かわいそう》だ。テストの点を見せなくなっても、叔母さ

んは何も言わなかった。「頑張ってる？」の問いかけに「うん」と答えていればそれでよかった。

「そういえば暁がうちに来てもう六年目かぁ。早いね」

物心ついた頃から叔母さんの家で育って、ここの家の子みたいに思うけど違う。別にあったんだと言われても、覚えてもいない自分の家族は、影絵を見ているように実感がなかった。叔母さんはよくお父さんの話をしてくれる。本当はちょっと嫌だ。それを聞くたびに自分はこの家の子供じゃないんだと言われてる気がする。

去年、悟史の書いた詩が都の小学生代表の五編に選ばれて、全国大会に進んだことがあった。それを知った時、叔父さんと叔母さんは大喜びした。前の年、自分の絵がこども都展で入賞した時はそれほどじゃなかった。叔父さんは知り合いに「こいつには意外な才能があって……」と悟史を自慢し、叔母さんも嬉《うれ》しそうに隣でそれを聞いてた。

これが本当の子とよその子の違いなのかなとぼんやり感じていた。どれだけ勉強を頑張っても、叔母さんは悟史がテストでたまに良い点を取ってきた時のような、まるで宝物を見つけたみたいにびっくりした、嬉しそうな顔では笑ってくれなかった。

「子供はすぐに大きくなるから。悟史なんて、この前まで『お母さん、お母さん』って甘えてきてたのに」

叔母さんの目が遠くを見ている。

「何だか向こうの山が霞《かす》んでる。黄砂かしら」

すぐ脇の道を、バイクがブロロッと猛スピードで走り抜けていった。風を感じるぐらい近くて、叔母さんは慌てて暁の肩を強く引き寄せた。

「狭い道なのに、危ないなあ。ちゃんと前を見てほしいわ」

頬に触れた叔母さんのシャツからは、甘くてあったかくて、いい匂いがする。

「免許を取ったばかりの若い子かな」

それから家に帰るまで、手を繋《つな》いで歩いた。柔らかくて温かい叔母さんの手を暁はしっかり握った。本物の子供にはなれなくても、自分は叔母さんちの子供……ずっと家族だ。

繋がっていた手は、家の前で離れた。叔母さんは駐車場を見て「あらっ？」と小さく声をあげた。

「あの人、帰ってきてる」

白い軽自動車が駐車場に止まっている。叔父さんは建築現場の下請けをしていて、明るいうちには帰ってこない。こんな時間に戻ってきているのは珍しかった。

「あなた、お帰りなさい」

叔母さんが声をかけても、叔父さんは居間の畳の上にあぐらをかき、新聞を睨《にら》みつけたまま返事をしない。すごく機嫌が悪そうで少し怖い。叔母さんは「どうしたのかしら」とボソボソ呟きながら台所に入った。手伝うよ、と言っても「いいわよ。すぐにできるし」と追い出される。暁は静かに廊下を歩いて、自分の部屋に入った。
叔父さんはもともとあまり喋《しゃべ》らない。それでいて怒ると怖い。悟史が、テストの点が悪かったり我が儘を言うと、空気がびりびり震えるような怒鳴り声をあげる。あの声を聞くと体が竦《すく》んで動かなくなる。……悟史がテストを隠したくなる気持ちもちょっとわかる。

夕食になっても、叔父さんの機嫌は悪いままだった。悟史が叔母さんに「あのゲーム買ってよ。クラスのみんなは持ってるんだよ」としつこくおねだりするのを聞いていた叔父さんは「うるさい」と大声で怒鳴った。悟史は口をへの字にまげたまま残りのカレーを口の中に押し込み、ごちそうさまも言わずに台所を出ていった。三人になったテーブルは食事が終わるまで、野菜サラダのボウルに手を伸ばすのですらどうしようと躊躇《ためら》ってしまうぐらい、重苦しい空気が流れていた。

叔父さんは少しずつ変わっていった。朝早く仕事に出かけ、暗くなるまで帰ってこなかったのに、一日中家にいて酒を飲むようになった。
「どうして叔父さんは仕事に行かないの？」

叔母さんに聞くと「シッ」と口に人差し指をあてた。

「今、不況で大変なの。新しい仕事を探しているところだから、あの人の前でそんなこと言っちゃ駄目よ」

叔父さんは居間の畳の上、赤い顔でアザラシみたいに横になったまま動かない。口癖は「俺がこの家を建てた」だ。小さい頃、狭い長屋に住んでいた叔父さんは、庭付きの一軒家を持つのが夢だった。夢が実現したこの和風の家は叔父さんの自慢で、酔うと同じ話を何度も繰り返した。

叔父さんが働かないから、かわりに叔母さんがパートタイムで仕事をはじめた。すると叔父さんのお酒の量はもっと増えて、酔っぱらうと「この無駄メシ食いが！」と真っ赤な顔で暁を怒鳴りつけるようになった。今まで大声で怒鳴られたことはなかったから、最初に聞いた時は驚いた。悲しくて、部屋の中で少し泣いた。けど、何度も同じことを言われているうちに、胸の中がひんやり冷たくなっても、涙は出てこなくなった。自分は本当の子供じゃないのに育ててもらっている。叔父さんにしてみれば「無駄」というのは本当の気持ちかもしれなかった。

そんな父親に影響されたのか、悟史も「お前さえいなけりゃお金がかからなくて、もうちょっと楽なのにさ」と胸に突き刺さる言葉を平然と口にするようになった。

いつもにこにこ笑っていた叔母さんも、パートタイムで働きはじめてから疲れた顔をしていることが多くなった。学校から早く帰ってきて、家の掃除や洗濯、炊事を手伝うと、叔母さんは「ありがとう」と言ってくれるけど、昼間から寝るのが仕事と言わんばかりに何もしない叔父さんには「うろちょろするな、目障りだ」と怒鳴られた。

夏前から、叔母さんの顔や腕の青痣《あおあざ》がいつまで経《た》っても消えないのが気になっていた。九月の最初の金曜日、学校から帰ってきた暁は「ひいいっ」という悲鳴を聞いた。慌てて居間に行くと、叔父さんが床に倒れた叔母さんの髪を摑《つか》み上げ、顔を平手打ちしていた。

「いやっ、ごめんなさい。許して……」

咄嗟《とっさ》に体が動いた。叔父さんの背中に飛びかかり「やめろっ」と叫ぶ。叔父さんは暁の首を猫の子みたいに摑み、振り払った。小さな体は襖《ふすま》に叩きつけられ、外れた襖ごとドッと隣の部屋に倒れ込んだ。

「やっ、やめてあなた。子供に手は出さないで」

叔母さんが駆け寄ってきて「大丈夫、大丈夫」と涙を流しながら頰を撫でてくれる。叔父さんはチッと舌打ちして、居間を出ていった。……車の音がする。出かけたのだ。

「ごめんね、ごめんね……暁」

叔母さんの声は震えている。自分も痛かったけど、平手打ちされて赤く腫れ上がった叔母さんの顔の方が、何倍も可哀想に見えた。

「叔母さんは、大丈夫？」

震えながら暁を強く抱きしめ、叔母さんは泣きじゃくった。もう大人なのに、声をあげて泣く。温かくて柔らかい背中を抱き返しながら「自分が守らなきゃ」と思った。この人のことは、自分が守らなきゃいけない。守りたいと強く思った。


「お前のせいでうちは貯金ができなかったんだ」

「お前一人を育てるのに、どれだけ金がかかると思ってるんだ」

「辛気くさい顔で、こっちを見るんじゃねえ」

口答えをすると余計に怒られるから、声をあげないように歯を食いしばっていても「生意気だ」と殴られた。きっと自分が息をしているだけでも、叔父さんは気に入らないんだろう。

蹴られたお腹《なか》がズキズキする。叩かれた顔が熱い……横向きに丸くなったまま、柱の時計を見上げた。……叔母さんはまだ帰ってこない。

この前、叔母さんが殴られているのをかばってから、叔父さんの標的は自分になった。叔母さんがいると間に入って止めてくれるけど、いない時はその辺のクッションみたいに適当に殴られた。一、二回頭を叩かれるだけですむこともあれば、気を失うまで殴る蹴るが続くこともある。

痛いことを繰り返されているうちに、叔父さんの前に立つと金縛りに遭ったみたいに体が動かなくなった。目が合うともう終わりで、殴られる人形になる。叔父さんの目につかないよう気をつけても、一緒の家で暮らしているからまったく顔を合わせないでいるのは無理で、「トイレが長い」と中から引きずり出され叩かれたこともあった。

悟史は家に帰ってきても自分の部屋にこもり、出てこなくなった。ご飯も一緒に食べない。殴られている従兄弟《いとこ》を見ても「大丈夫か」と声をかけてくることもなく、逃げて遠ざかる。暴力を振るう父親も、殴られる従兄弟も見たくないんだろう。

「このクソガキが！」

頭を蹴られた瞬間、目の前がふっと暗くなった。気がつけば薄暗い居間で一人、仰向《あおむ》けに転がっていた。家の中は死んだように静かだった。前屈《まえかが》みになって窓辺に近づき、庭を覗くと叔父さんの車がなくなっている。……その場にへたり込むぐらいホッとした。

お腹を押さえて立ち上がり、ひっくり返ったテーブルや、外れた襖を立て直す。洗面所に行って顔を見ると、口の端が切れて血が滲《にじ》み、右の頬が口の中にエサを溜《た》め込んだリスみたいに腫れていた。お腹が痛くて立っていられなくなり、自分の部屋のベッドで横になった。

静かなのに、もう叔父さんはいないのに涙がボロボロ溢《あふ》れてきて止まらない。いつか殺されるんじゃないだろうか。怖い……怖いけど、自分の家はここだけ。それに自分がいないと、叔母さんが殴られる。叔母さんが痛い思いをするぐらいなら、この体が痛い方がいい。

震えながら眠りに落ちて、目が覚めると辺りが真っ暗になっていた。トイレに行きたくなり、足音を忍ばせて薄暗い廊下を歩く。台所からはテレビの音が聞こえてきて、三人がご飯を食べていた。

「暁、早くいらっしゃい」

気づいた叔母さんが自分を呼ぶ。その声で、テレビを見ていた叔父さんが振り返った。眉をつり上げた鬼のような顔で「お前に食わせるメシはないっ！」と怒鳴った。

走って自分の部屋に戻った。トイレに行きたかった気持ちも忘れて、ベッドに潜り込む。声が、顔が……怖い。叔父さんは怖い。

しばらくして、叔母さんが夕食を載せたお盆を手に部屋へやってきた。

「暁、ごめんね」

叔母さんはやつれた顔で、小さく俯《うつむ》いた。

「あの人、今日はすごく機嫌が悪いみたい」

暁の顔を覗き込み、「もしかして、叩かれた？」と聞いてくる。

「ううん」

「さっきは気づかなかったけど、右の頬が腫れてるわ」

「……体育の時に、友達とぶつかった」

叔母さんは暁の、腫れた頬にそっと触れた。痛みじゃない、ピリッとした痺《しび》れが全身に走る。

「辛《つら》い思いをさせて本当にごめんね。あの人、仕事がなくて苛々してるの。仕事さえちゃんとできるようになったら、元のあの人に戻ると思うから」

「……うん」

いつ仕事は見つかるんだろう。春からずっと探しているのに……。

「もうちょっとの辛抱だから」

そのもうちょっとはあとどれぐらいなんだろう。夜、天井を見ながら考えた。この家の子供じゃないのに、ご飯を食べさせてもらい、学校へ行かせてもらっている。叔父さんのお金を余計に使っているから、嫌われ、殴られても仕方ないんだろうか。

痛いのは嫌だ。ご飯を食べなくていいし、学校へ行かなくてもいいから叩かれたくない。けどご飯を食べないと死んでしまう。

……叔父さん、死ねばいいのにと思う。誰かに殺されるとか、事故とか。そしたらもう叩かれないし、叔母さんだって叔父さんのお酒代がいらないから楽になるんじゃないだろうか。自分は叔母さんさえいたらいい。

安心していられるのは眠っている時だけ。目が覚めると、叔父さんのいる一日がはじまる。殴られながらどんなに「死ねばいいのに」と願っても、叔父さんは殺されることも、事故に遭うこともなかった。


冬が過ぎ、春になって暁は六年生になった。この頃から、前髪を伸ばしはじめた。目のところが隠れると、青痣が目立たなくなるからだ。

殴られた顔が腫れ上がり、酷《ひど》い時には学校を休んだ。腕や首筋の痣が見えないよう、暑くなってきても長袖のTシャツを着る。叔母さんは自分の青痣を見るとすぐ涙ぐむ。そのたびに「これは学校で転んで」とか「階段で友達にぶつかったんだよ」と嘘《うそ》をついた。

「ごめんね、ごめんね」

叔母さんに謝られて、こわごわと青痣を撫でられていると、自分は叔母さんを守っている戦士の気持ちになるけど、叔父さんの前では相変わらずその辺のクッションみたいにボンボン殴られた。

夏前から、学校に行っても授業中にぼんやりしていることが多くなった。寝ているわけでもないのに、気づけば授業が終わってる。そして何でもない時に不意に叔父さんの顔を思い出して、体がガタガタ震えだした。自分は生きているのに、ちょっとずつ体の端からなくなっていっているような、嫌な感じだった。

夏休み直前、担任の教師がいきなり家庭訪問に来た。「暁君がいつも長袖で、青痣だらけなのが気になります」とはっきり口にした。叔父さんは「俺たちは暁を大事に育てている。他人が変な言いがかりをつけるな！」と怒って担任教師を家から追い出した。

それから叔父さんの暴力は、少しだけ形を変えた。顔や腕といった見える部分を殴るのはやめ、服の下や足の裏といった見えない部分をしつこく痛めつけるようになった。外から見えないから、叔母さんも気づかない。教師の家庭訪問で叔父さんが改心したと勘違いした叔母さんは「あの人も少しは落ち着いてきたのかしら」とホッとした顔をした。

まだ続いてるんだと、足の裏や太ももに火のついた煙草《たばこ》を押しつけられると泣き出すほど痛いんだと、そこが治っても、また別のところをやられてずっと傷が治らないんだとは言えなかった。

叔母さんの慰めもなく、痛みと恐怖だけがしんしんと雪みたいに降り積もる。その下で自分は冷たく、硬くなっていく。いっそ人形になりたい。煙草を押しつけられても、痛みを感じない人形になりたかった。

大晦日《おおみそか》、叔母さんと悟史はおばあちゃんの具合が悪いからと、泊まりがけで田舎へ帰った。自分のお母さんなのに、叔父さんは「面倒くさい」と言って帰らなかった。叔父さんが殴らなくなったと思っている叔母さんは「お留守番、よろしくね」と何の躊躇いもなく自分を置いていった。一緒に連れていってほしかった。けど、一人増えると行き帰りの電車代が余計にかかるから、言えなかった。

二人が出かけた後、すぐ部屋に閉じこもった。それなのにわざわざ子供部屋までやってきた叔父さんに「お前が家の中にいると思うだけで腹が立つ」と庭に放り出された。外は雪が降っていた。家の裏にある納屋に入り込んだけど、外より幾分ましというぐらい。日がかげってくるにつれて寒さは強くなり、体の震えが止まらなくなった。靴下のまま放り出されたので、かじかんだ足の指先にもう感覚はない。

ここにいたら死ぬ。夜になったら絶対に死ぬ。……周囲を見回すと、叔父さんの長靴があった。履いているのが見つかったら殺されそうで、その辺に転がっていたビニール袋の中に長靴を突っ込み、胸に抱えた。

納屋を出て、庭を走って横切る。道路脇の歩道を靴下のままでしばらく走り、後ろから叔父さんが追いかけてきていないのを確かめてから、長靴を履いた。

あそこにいたら寒くて死にそうなので外へ出たけど、どこにも行くあてはない。自分で自分の肩を抱き、震えながら歩く。薄暗い中、コンビニの明かりにふと足を止めた。

蛾《が》みたいにふらふら引き寄せられて、中に入る。店内は、まるで別世界だった。ふわんふわんと暖房が効いていて、手足はすぐに温かくなる。もうずっとここにいたい。一時間ぐらい中をブラブラしていたら、レジの人がチラッチラッとした視線をこちらに向けることが多くなった。気まずいけど、外に出ていきたくない。どうしよう……と考えているうちに、いいことを思いついた。ひとまずそこを出て、学校近くのコンビニまで走った。長くいすぎて気まずくなったら次のコンビニへ行く。同じことを何度も繰り返した。

大晦日のコンビニは人が多くて、初詣に行っているのか夜中の十二時を過ぎても小学生ぐらいの子が親と一緒に入ってくる。そういう人たちの後ろに、自分も家族です、みたいな振りをしてついていったら、あまり目立たなかった。

何も食べてないので、お腹が減る。コンビニのレジ前はおでんのいい匂いがして、何度も生唾を飲み込んだ。お腹が空《す》いた……と思いながら窓の外を見ていると、硝子《ガラス》越しに子供連れの夫婦が通り過ぎた。子供は白いコートを着て、お父さんに抱っこされている。寒いのに、何だか幸せそうだ。暁は自分の足許を見た。叔父さんの黒い長靴は、底についた雪が解けて、周囲が小さな水たまりになっている。目の周りがジンと熱くなって、ぽたっと水たまりが弾けた。慌てて目許を拭う。顔を上げると、もうあの親子は見えなくなっていた。

自分は独りぼっちだ。寂しくて手が震えても、慰めてくれる人はいない。奥歯をぐっと噛みしめた。夜が明けたら叔母さんが帰ってくる。自分の気持ちをわかってくれる叔母さんが帰ってきてくれる。

一晩中コンビニを彷徨《さまよ》って、昼過ぎに家へ戻った。鍵はかかっていなかった。

「あら、おかえり、暁。あけましておめでとう。そんな薄着でどこへ行ってたの？」

叔母さんの明るい顔を目にした途端、泣きそうになる。家を追い出されて、一晩中コンビニにいたんだとは言えない。炬燵《こたつ》に入って寝転がっている叔父さんは、こちらを見もしない。

「外は寒かったでしょう。こっちにいらっしゃい。お雑煮があるわよ」

叔父さんがバンッと畳を叩いた。叔母さんの背中がまるで鞭《むち》で打たれたようにビクッと震える。

「そんな奴《やつ》に雑煮なんてやるこたぁない！　正月から景気の悪い面《つら》を俺に見せるんじゃねえ」

走って部屋に引っ込んだ。後になって叔母さんが部屋まで雑煮とおせちを持ってきてくれた。ほぼ一日ぶりの食事を、味わう間もなく飲み込むみたいにして食べた。

「あの人もお正月早々、怒鳴らなくたっていいのに」

叔母さんは頬に手をあて、ため息をついた。

「けど今年はいい年になると思う。帰りに悟史と初詣に行ってきたんだけど、おみくじを引いたら大吉だったの。きっといい仕事が見つかるわ。そしたら昔のあの人に戻ると……どうしたの？」

気づけば、叔母さんのエプロンの裾をぎゅっと握り締めていた。話してしまおうか。大晦日の日、外に放り出されたと。一晩中コンビニにいて、すごくお腹が空いたんだと。寂しかったと。けど、それを訴えてどうなる？　叔母さんは叔父さんを止められない。きっと悲しそうな顔をするだけだ。

「何でもない」

……結局、何も言えなかった。

お正月が過ぎてもおみくじの効果はなく、叔父さんは相変わらず家でごろごろして、誰もいない時を狙って暁を痛めつけた。

足の裏は煙草の火を押しつけられていくつも火傷《やけど》ができ、歩くとジクジク痛んだ。痛いからどうしても足を引きずる変な歩き方になって、同じクラスの子にからかわれた。腰は叩かれすぎて腫れ、椅子に座ると痛い。モゾモゾしていたら、先生に落ち着きがないと叱られた。

放課後のチャイムが鳴ると、家に帰らないといけないんだと思って気持ちが暗くなる。帰り道を歩いていたら、心臓がキリキリ痛くなる。

その日、学校から帰る途中で急に足が止まった。帰りたくないという思いがお腹の底から突き上げてきて、そこから一歩も動けなくなる。

踵《きびす》を返し、走った。学校からも、家からも遠くへ。走るのに疲れて立ち止まり、俯く。息が楽になってから顔を上げると、裏山まで来ていた。ふと、同級生の話を思い出した。学校の裏山にある洞窟に、蝙蝠《こうもり》が沢山いて気持ち悪いと。

場所は何となくわかる。しばらく歩くと、洞窟が見えてきた。岩と岩の間、人が一人入れるぐらいの隙間しかない入口を抜ける。中は暗い。外からの明かりが届くぎりぎりの場所に柵があって、そこから先には行けなくなっていた。

柵の手前、壁際に暁は座り込んだ。奥の方から、「ギーッギーッ」と変な音がする。蝙蝠の鳴き声だろうか。……気味が悪い。けどここなら人は来ない。

鼻がムズムズしてきて、こらえきれず大きなくしゃみが出た。その瞬間、バラバラと激しい夕立に似た羽音と共に、岩の割れ目から黒い塊が一気に飛び出していくのが見えた。

羽音がおさまったあと、洞窟の奥を覗き込んだ。暗い場所に慣れた目が、天井にぶら下がっている蝙蝠を見つける。出ていったのは、手前の方のやつなのか、奥にはまだいっぱいいる。天井を埋め尽くすほどにびっしりと。

どれも同じ格好でぶら下がっている。これが全部、仲間なんだろうか。学校のクラスみたいな感じ?

「ギーッギーッ」と蝙蝠は鳴く。みんなくっつくぐらい近くにいて、仲がよさそうだ。自分も蝙蝠になって、逆さまにぶら下がってみたい。生まれ変わるなら蝙蝠がいい。もう人間は嫌だ。

洞窟の中は平和なのに、太陽が傾いてきて、隙間から差し込む光が弱くなってくると、胸がザワザワしてきた。……帰らないといけないんじゃないだろうか。叔父さんの顔を見たくないし、叩かれたくない。でも自分がいなくなったら前みたいに叔母さんが酷い目に遭うんじゃないだろうか。

叔母さんを守る。その気持ちだけで震える足を踏み出した。唯一の希望は、叔父さんが死んでいること。どうか死んでいますように。けどきっと今日も無理。これまで何百回もお願いしながら家に帰ったのに、神様は自分の願いを聞いてくれたことがない。

家が見えてくると足が止まりそうになるから、俯いて歩いた。だから門の前に来るまで、庭から煙が上がっていることに気づかなかった。木戸を抜けると、叔母さんが庭にしゃがみこんでたき火をしていた。草取りをしたのか、荒れ放題だった庭もすっきりと片づいている。

「何をしてるの？」

叔母さんは「お芋を焼いてるの」と目を細めて笑い、火の中からアルミ箔《はく》に包まれた芋を取り出した。半分に割って片方差し出してくる。芋はほくほくして美味しかった。腰と足の痛みも、一瞬消える。

「いいことがあったわよ」

叔母さんの声は、いつになく弾んでいた。

「おみくじが当たったの。あの人、仕事が見つかったって。日給もけっこういいみたい。働きに出はじめたら、きっともう暁に怒ったりしなくなるわ」

「俺は大丈夫だよ」

暁の頭を抱くようにして、叔母さんは自分の胸に引き寄せた。

「本当に暁はいい子。優しいところは兄さんに似たのかなあ」

二人だけでこっそり食べた芋は美味しかった。今日の叔父さんは仕事が決まったからなのか、自分を見ようとしなかったけど、叩こうともしなかった。眠る前、おみくじは本当に当たるのかもしれないと、ぼんやり考えた。

その日の夜、廊下を走る騒々しい音で目が覚めた。同時に周囲に立ちこめる煙と焦げ臭さに何度も咳《せ》き込んだ。喉が苦しい。息ができない。

綺麗な空気を求めて窓に駆け寄り、開け放つと顔にムッと熱風を感じた。庭は真っ赤だった。……燃えてる。振り返ると、廊下に面した襖の隙間から白い煙が流れ込んできていた。

このまま庭へ飛び出すか、それとも廊下に出て玄関まで突っ切るか迷った。これだけ煙がきているということは、家の中もきっと燃えてる。

暁は毛布を頭から被《かぶ》って、庭へ飛び出した。前屈みになって燃えさかる庭を抜ける。足の裏が痛いけど、気にならない。毛布は途中で火がつき、手が痛くなって離した。門を出たところで誰かにぶつかって、後ろ向きに転んだ。

「おい、大丈夫か」

顔も知らないおじさんに抱き起こされた。

「よく出てきた。火傷はしてないか」

心配する声に、コクリと頷く。ガタッガタッと大きな音がして振り返ると、家は玄関が焼け落ちてゴウゴウと火柱が立っていた。さっきまであの中にいたんだと思うと急に恐ろしくなってきて、膝がガクガクと震えだした。

「怖かったな。けどもう大丈夫だ」

慰めるように背中を撫でられても、震えは止まらない。

「君はあの家の子？　他に誰が住んでるの？」

「お……叔母さんと……叔父さんと……悟史」

「三人か。みんな逃げられたかどうかわかる？」

「わから……ない。俺は窓から……」

周囲を見回していると、少し離れた場所に叔母さんと叔父さん、そして悟史がいるのを見つけた。三人は口を半開きのまま、気が抜けた顔で燃えさかる炎を見ている。

「……いた」

よかった。みんな逃げ出せたのだ。暁はよろけながら自分の家族へと駆け寄った。

「みんな……」

振り返った叔父さんは、助かった子供を睨みつけた。蔑むような悟史の視線と、俯いた叔母さん。おかしい。自分は逃げられたのに。みんなも無事なのに……。

叔父さんは無言のまま暁の胸ぐらを摑み上げた。最近、顔は殴ってこなかったのに、人が沢山集まっているのに……拳で殴られた。目の前が真っ暗になり、後ろ向きに倒れる。口の中にブワッと血の味が広がった。

「やめてっ、あなた」

叔父さんに飛びついた叔母さんが、振り払われている。暁は引き起こされ、もう一度殴られた。倒れたところで腹を蹴飛ばされ、夜に食べたものを吐き出した。

「おいっ、何をしてるんだっ！　これ以上殴ったら、子供が死んじまうぞ」

周囲の人に押さえつけられた叔父さんは、両手を振り回して「離せぇ」と吠《ほ》えた。

「大丈夫か、君」

知らない人が声をかけてくれるけど、口の中が痛くて喋れない。それでも無理に声を出そうとしたら、口の中からドロッと血が溢れた。

「お前がっ、お前がちゃんとたき火の始末をしないから、俺の家が燃えたんだ！」

悲鳴に似た叔父さんの声。その後ろで、自慢の……自慢の家から火の粉が舞う。

……たき火をしていたのは、自分じゃない。叔母さんの横で少し話をして芋を食べただけだ。たき火をはじめたのも、片づけたのも叔母さんだった。

叔父さんの後ろで、叔母さんは泣きながらこっちを見ている。……叔母さんは怖いんだ。叔父さんに怒られるのが怖いから……だから……。

「お前はそんなに俺が憎かったか！　育ててやった恩を仇《あだ》で返しやがって、こんちくしょう。お前なんか死んじまえっ」

叔父さんの目から、ぼろぼろと涙が溢れる。その横で叔母さんが顔を覆って座り込む。地獄なんて見たことない。けど何だか今が地獄みたいだ。

歯が折れて口の中の血が止まらず、病院に行った。付き添ってくれたのは叔母さんじゃなくて、騒ぎを聞きつけてやってきた担任の先生だった。

車で病院に向かっている間に、涙が込み上げてきた。叔母さんはいつも自分を守ってくれた。叔父さんに殴られたら、間に入ってくれた。優しくしてくれた。それなのに人のせいにした。火を使っていたのは叔母さんなのに、叔父さんが怖かったから……だから……子供のせいにした。裏切られた。守ってくれなかった。守ってもらえなかった。泣いている自分に、車を運転している先生が「怖かったね。けどもう大丈夫だからね」と声をかけてくれるけれど、余計に悲しくなるだけ。叔母さんに裏切られた。その言葉だけが頭の中をぐるぐる回っていた。

診察を受けた時に、足の裏を見られた。「古い火傷があるね」と言われて黙っていたら、服を全部脱がされた。隠れていた色々な色の痣も見つけられた。

「この傷はどうしたの？」

お医者さんに聞かれて「叔父さんにやられた」とぽつんと答えた。叔母さんを安心させたくて黙っていたけど、もう全部が全部、嫌になった。診察が終わった後、廊下に出た先生とお医者さんは長い間、話をしていた。

病院から一時保護所というところへ連れていかれたのは、夜明け近くだった。「しばらくここで過ごすのよ」と担任の先生に言われて、ホッとした。叔母さんの顔を見たくなかったし、叔父さんと一緒にいたら殺されそうだった。

ここがどういう場所かわからなかったけど、親に暴力を振るわれたり、育ててもらえない子が来る場所なんだと職員に教えてもらった。

来てすぐの頃は、叔母さんが憎らしかった。寝ても覚めても叔母さんのことばかり考えて、裏切られ、守ってもらえなかった悲しさを思い出しては泣いた。それでも一日、二日と、日が経つにつれて、だんだんと叔母さんに会いたくなってきた。

叔父さんが怖くて甥っ子のせいにしたことを、叔母さんも後悔してるんじゃないだろうか。会って「暁のせいにしてごめんなさい」と謝られたら自分は許すことができる。……だって暴力は怖い。叔父さんの大きな手は怖い。殴られるのは痛い。それは自分が一番よく知ってる。やっぱり殴られたのが叔母さんじゃなくてよかった。

一時保護所での生活は、時計みたいに規則正しかった。それを窮屈だとは思わなかったし、叔父さんに殴られるよりも何倍もよかった。けど会いたい。叔母さんには会いたい。顔が見たかった。

「俺はいつ叔母さんのところに帰れる？」

聞いても、職員は「まだわからないわ」と曖昧にはぐらかしてばかりだった。二週間後、保護者である叔父さんが、自分を施設へ入れると決めたと聞かされた時はショックで言葉も出ず、ご飯も喉を通らなかった。

家が焼けてなくなってしまっても、自分には家族がいる。家族がいるのにどうして、離れて暮らさないといけないのかわからない。

諫早が園長として経営する民間の児童養護施設に連れてこられた時も、俯いたまま一言も口をきかず、挨拶すらしなかった。

「暁君、大丈夫かい？」

園長の諫早が膝を折り、下から覗き込んでくる。それが嫌で、顔を見られないようにぐっと顎を引いた。

「抱っこしていい？」

何も返事をしてないのに、いきなりふわっと抱き上げられて驚いた。

「うわあ、軽い軽い」

抱えられたまま揺さぶられ、暁は慌てて諫早の首にしがみついた。

「あぁ、ごめん。怖かった？　新しい子が来ると、どうしても抱っこしたくなるんだ。大きい子は無理なんだけどね」

諫早からは、叔母さんとも叔父さんとも違う男の人の匂いがした。諫早の頬が近づいてきて、暁の頬に触れる。少しだけザラッとした感触は一瞬。ギュッと自分を抱きしめた後で、諫早は新入りの子供を床に下ろし、銀縁の眼鏡を少し押し上げた。

「君がここで最初にしないといけないことは、ご飯を沢山食べることだな」

眼鏡越しの目を細めて優しそうな顔で微笑み、暁の頭をくしゃくしゃと撫でた。

「今日からここが君の家になる。最初は慣れないことも多いだろうけど、気になることがあったら何でも相談してほしい」

大きな手が暁の右手を包み込むように、ぎゅっと握り締めてくる。頭を上げ、ようやく正面から諫早の顔を見た。

「……俺はずっとここにいないといけない？」

声が震える。

「高校に進学するなら、十八歳までいることができるよ」

諫早の喋り方は、ゆっくりとしている。

「叔母さんのところには帰れない？」

「君の叔父さんと叔母さんが、君を受け入れると決めたら帰れるよ」

「……俺は捨てられた？」

一瞬の間ができる。やっぱりそうだ。自分は捨てられたのだ。わかった途端、両目から涙が溢れてきた。

「ああ、ごめん。ごめんよ……」

暁は温かい大人の腕に、ぎゅっと抱きしめられた。

「君は捨てられてなんかいない。家が火事になってしまったと聞いているから、今は生活が苦しいんじゃないかな」

「だったら悟史もここに来ればいいじゃないか。俺が本当の子供じゃないから捨てたんだ」

「そんなことないよ」

暁は諫早のポロシャツに顔を押しつけて泣いた。さんざん声をあげて泣き、しばらくすると嵐みたいだった胸の中が少し落ち着いて、人前でワンワン泣いていたのが恥ずかしくなってくる。だから離れようとしたのに、逆に強く引き寄せられた。

「今は別々で過ごす時間が必要なんだよ。叔父さん、叔母さんそれぞれが一人でゆっくり考えるためにね。二人の中で気持ちの整理がついたら、きっと君を迎えに来てくれるんじゃないかな」

諫早はティッシュを手に取り、暁の鼻に押しつけてきた。

「はい、チーンして」

まるで赤ちゃんに洟《はな》をかませるような仕草に驚いた。ちょっと緊張しながら鼻を拭ってもらう。暁の涙が止まるのを確かめてから、諫早はにこりと微笑んだ。

「こっちにおいで。この家で、一緒に暮らす友達を紹介するよ」

暁の手を握る。……諫早の手は大きくて、強そうで、温かい。髪を七三に分けた真面目そうな顔は、学校の先生みたいだ。

叔母さんもこういう人と結婚してたらよかったのに。ちゃんと働いて、叩かない人にすればよかったのにと思いながら、暁は握られた手をぎゅっと握り返した。

施設には、幼稚園児から高校生まで、十八人の子供が暮らしていた。十対八で男の子の方が多い。人懐っこく話しかけてくるのは小さい子で、高校生ぐらいの子には無視された。

暁の担当は、戸倉《とくら》という五十を過ぎた小太りのおばさんだった。

「あたしが母親代わりだから、困ったことがあったら何でも相談してね」

そう言われたがいつも忙しそうで、「シャーペンの芯を買いたい」とお願いするのも気が引けた。一度、消しゴムを盗まれて戸倉に相談したら、取った子から取り返してくれたけど、それから「チクリ屋」とあだ名をつけられて、嫌味を言われたり、突き飛ばされたりするようになった。虐められても、絶望するほどではない。相手は自分と同じ子供だし、叔父さんに叩かれる恐怖を思ったら、全然ましだった。

それに自分はここに長くいないだろうと思っていた。叔母さんが迎えに来そうな気がする。諫早が言っていたように、気持ちが落ち着いた頃に、生活に余裕ができた頃に……。

迎えに来てくれるなら、中学に入学する前じゃないだろうか。施設からだと通う学校が変わってしまうからだ。

そんな期待とはうらはらに四月、暁は施設のある地区の中学校に入学した。入学式には諫早と戸倉が来てくれた。叔母さんが顔を見せてくれるんじゃないかと、何度も体育館の入口を振り返ったけど、見つけることはできなかった。

　二月の初めに施設に来て、それから三ヶ月。四月の終わりに、お小遣いを使って前に住んでいた家に行ってみた。焼けた家が取り除かれて新しい家が建っているのを想像していたら、そこは運動場みたいに雑草一つない更地になり『売地』の札が立てられていた。

　更地にそっと入ってみる。この辺が玄関で、奥に台所があって、自分の部屋があった。歩いてみても、そこには廊下の板の感触も、自分の部屋の畳の匂いもなく、ただ足許で黒い砂利がザリザリと擦《こす》れていた。

　結局、空き地を歩き回っただけで施設に帰った。それから休みのたびにお小遣いを使って更地になった家に行った。ここしか自分と家族を繋ぐものはなかったからだ。一度だけ「お腹が痛い」と嘘をついて学校を早退し、自分が叔母さんの家で暮らしていたら通うはずだった中学校の前に行った。校門が閉まるまで待ってみても、悟史を見つけることはできなかった。

　六月一日、その月に生まれた子供二人と一緒に暁は施設で誕生日のお祝いをしてもらった。本当の誕生日、六月十三日になっても叔母さんからは何も届かなかった。

　夏休みになると、施設の子供がぽつぽつ一時帰省をはじめた。暁には叔母さんからの一時帰省の話はおろか、電話も掛かってこなかった。

お正月も施設で過ごした。年賀状は学校の先生からしか来なかった。夏休みの後は家のあった更地には行かなくなっていて、冬休みに久しぶりに訪ねてみると、売地の札がなくなり、家の骨組みができつつあった。

それから週末ごとに家が建つのを見に行った。木だけの骨組みから、壁ができて、窓硝子が入って、ちゃんとした住居の形になっていく。見ているとわくわくした。そして三月、完成した家には知らない男の人と女の人、小さな子供の三人が越してきた。

それを目にした時、自分は本当に捨てられたんだという思いが、ジリジリと込み上げてきた。停留所まで戻っても、バスに乗れない。何台も何台もやり過ごして、ようやく乗り込む。一番後ろ、窓際の席に腰掛けて、ぼんやりと外を眺めた。

どうして自分は迎えに来てもらえないんだろう。本当の子供じゃないから？　お金がかかるから？　けど本当の子供じゃないのも、お金がかかるのも、自分ではどうしようもなかった。

他にどうすればよかった？　もっといい子になればよかった？　勉強はしてたし、家の手伝いもちゃんとやってた。他に何が……足りなかったんだろう。

窓の外はすっかり暗くなり、どこを走っているのかもわからない。乗客が自分だけになり、しばらくしてバスが止まる。運転手の「終点だよ」という声で、立ち上がった。ポケットを探る……お金が足りない。

「……すみません。来月、お小遣いがもらえたら払いにきます」

謝ると、運転手はうんざりした顔で「もういいよ。あるだけ入れて」と言い放ち、犬猫でも追い払うように左手を返した。バスを降りて周囲を見渡すと、地下鉄の駅がある。でもお金がないから乗れない。

電話ボックスの横にある植え込みに座った。……大晦日に家を追い出された時のことを思い出す。寂しくて虚《むな》しいのは同じでも、あの時は叔母さんという希望があった。

叔父さんがまだ仕事をしていて、自分を殴らなくて、帰ってきたらおやつがあって、四人そろって晩ご飯を食べて、叔母さんはにこにこしていた。けどあの家は焼けてなくなった。なくしたものは二度と元通りにはならない。

もう、誰も自分を迎えに来ない。じゃあ、どうする？　……どうもしない。このまま施設で暮らすだけだ。

一人の意味を考えてみる。そして今の、胸にぽっかり穴が開いた感じが一人ということなのかと、染み入るようにわかってきた。一人は寂しい。じゃあどうしたらその寂しさから逃げられる？

駅の横にある時計が夜の十時を過ぎた頃に、警察官に声をかけられた。家はどこだと聞かれて、正直に「わからない」と返事をしたら交番に連れていかれた。それから一時間ほど経ってから、諫早が交番に駆け込んできて、自分の顔を見るなり「心配したよ」

と大きく息をついた。

迎えに来た諫早の古い車の中は、煙草の匂いがした。

「バスを乗り過ごして終点まで行くなんて、居眠りでもしてたの？」

暁は靴を脱ぎ、座席に踵《かかと》を引っかけて膝を抱え込んだ。

「それとも、一人になりたくなるようなことでもあった？」

指先が震えた。

「悩み事があるなら、僕に話してみないか。解決してあげられないかもしれないけど、口に出すだけでも気持ちが楽になるかもしれないよ」

施設に来た最初の日、諫早を優しい人だと思った。けど優しいのは自分に対してだけではなく、どの子供にも平等に優しかった。そのうちテレビで見る芸能人みたいだなと感じるようになった。みんな諫早のことを見ているのに、諫早は誰のものにもならない。近くにいるのに、遠い。

前の車の、たまに光るブレーキランプをじっと見つめた。施設に戻りたくない。自分にとって一時的な場所だったあそこに閉じ込められたくない。

嫌だ、嫌だ、嫌だ。猛烈に嫌だという思いが込み上げてきて、それは体中を駆けめぐり、口から溢れた。

「帰りたくない」

車が信号で止まる。

「どこか行きたいところはあるの？」

前を向いたまま諫早はそう聞いてきた。

「帰りたくない」と口にしてから、車はずっと走り続けている。どこに向かっているかは知らない。

諫早がフロントパネルのスイッチを押すと、音楽が聞こえてきた。歌詞が日本語じゃない。

「ラジオの方がよかった？」

「何でもいい」

少し掠れてるけどよく響いて甘い、女の人の声。

「昔、アメリカに留学してた時に買ったカセットなんだけどね」

アメリカ……外国。響きだけで雲の上の世界のようだ。

「アメリカは面白かったよ。人には色々な価値観があるんだって気づかされた」

四曲ぐらい聞いたところで、車は堤防沿いに止まった。諫早が先に外へ出る。一人だけ車の中にいるのも寂しくて、助手席のドアを開けた。外へ出ると、ザーッ、ザーッと打ち寄せる波の音が聞こえる。月が明るいから、周囲がぼんやり見える。石の階段を下りていくと、すぐに砂浜だ。

諫早は靴を脱ぎ、波打ち際へと走っていった。

「暁もおいで」

振り返った黒い影が自分を呼ぶ。ゆっくり靴を脱いで諫早の靴の隣に並べてから黒い影に近づいた。足の裏がひやひやする。

「海なんて久しぶりだ。大学生の時はよくサーフィンをしてたんだけどね。まだ物置にボードがあると思うけど、もう使えないだろうな」

諫早の足は踊るように砂の上を歩いた。

「父親が死んで、あの施設を継いでからは休みなしだからなあ。まあ覚悟はしてたけどね」

両手を組み合わせて、大きく伸びをする。

「波の音と風が気持ちいいなぁ」

暁、と諫早が振り返る。

「砂浜って、走り出したくならないかい？　足の裏が気持ちよくてさ」

自分の両足は砂に埋《ぬ》もれたまま動かない。いきなり腕を摑まれ、そのまま波打ち際まで連れていかれる。濡れた砂の、ひやりとした感触が背筋をスッと駆け上がった。

ズボンの裾が濡れてしまいそうで、まくりあげている間に波が押し寄せてきた。逃れようとして、俯いた変な姿勢で後ずさっていると、足が引っかかってそのまま腰からドッと倒れた。待ちかまえていたように波がザーッと押し寄せてきて、腰が濡れた。「ひっ」て声が出るぐらい水が冷たい。

「おいおい、何やってるんだ」

諫早が笑う。何だかおかしくなってきて暁もフッと笑った。

「ほら、立って。立って」

腕を摑んで引き起こされる。じっとしていると、波は冷たい手で、何度も足の周囲から砂をそぎ取っていく。

「海は凄《すご》いよな。この先がずっと世界に繋がってるんだ」

諫早が指し示す先は、空との境界もわからない、ザザッザザッと波音をたてるのっぺりとした黒が続くだけだ。

「僕は暁が羨ましい」

ぽつんと諫早が呟いた。

「……どうして」

「まだ十三歳だ。今からだったら何にでもなれる。希望があるよ」

「施設にいるのに」

諫早は子供の手首を摑み、手のひらを上に向けた。

「希望は君の手の中にある。施設だからって、関係ないよ」

手のひらには、何も見えない。見えない……と思っていたら、涙が溢れてきた。

「どうしたの、暁？」

激しく頭を振った。

「俺は独りだ」

唇が震えた。

「もう誰も俺を迎えになんて来ない」

わかっていた。何となく気づいていた。ただそれを言葉にすると、全てが終わるような気がした。

「君は独りなんかじゃない。僕や、母親代わりの戸倉さんがいる」

「違う、違う、違う」

否定すると、引き寄せられギュッと抱きしめられた。ポロシャツの胸元から、煙草の匂いがする。

「そう、僕も戸倉さんも君の親じゃない。けど親らしいことはできる」

足許の砂がぐらぐらするから、暁はその胸にしがみついた。

「寂しかったのかな、暁。それならそうと、言ってくれればよかったのに」

頭を撫でられる。その仕草が叔母さんに似ていて、もっとそれが欲しくて、強く強くしがみついた。

濡れてしまったズボンを脱ぎ、諫早の上着を借りて腰に巻きつけ、暁は助手席に乗った。我慢できなかったのか、諫早は「吸っていい？」と声をかけてくると、運転しながら煙草を吸いはじめた。吹き込んできた風で前髪が揺れ、煙草の煙がサイドガラスから抜けていく。もう、海の匂いはしない。

広い庭のある平屋の家。叔母さんの、叔父さんの、悟史の顔。自分があそこで暮らした七年間を思い出の箱の中にしまう。優しい記憶も、辛い記憶も、全部。もう見ない。そうしないと、施設で生活していくのが辛くなる。

結局、叔母さんは自分のことをどう思っていたんだろう。自分の知っている叔母さんだったら、あんな嘘はつかなかった。じゃあああの時、自分が殴られても何も言ってくれなかった叔母さんは、人のせいにした叔母さんは何だったんだろう。

はっきりしているのは、あの時自分は叔母さんに裏切られたということだ。どんなに優しくしてくれても、どんなに自分が大事に思っていても、裏切られる。

自分はいったい誰を信用すればいいんだろう。それとも大人はみんな嘘をつくんだろうか。誰も信用しちゃいけないんだろうか。

「……大人なのに、どうして嘘をつくの？」

独り言みたいに、聞いてみた。

「んっ、僕のこと？」

諫早が振り返る。

「違う」

「誰かに嘘をつかれた？」

返事はしなかった。諫早は、ゆっくりと煙草を灰皿に押しつける。

「大人はね、大切なものが多いから嘘をつくんだよ。人を守り、そして自分も守らないといけない」

暁は諫早の顔を見た。

「……じゃあ嘘をついて、人を騙《だま》してお金を取る人は？」

極端だなあ、と諫早は笑った。

「それは『騙す』だろう。嘘とは違うよ」

違いはよくわからなくても、嘘が自分を守るため……というのはストンと腑《ふ》に落ちた。

音楽は相変わらず、行きと同じで掠れた女の人の声だ。時々、諫早は小さく口ずさむ。

父親の声はもう覚えてない。けど、諫早に少しだけ似ていたかもしれなかった。

庭にある桜の花が散りかけている。風が吹くと、冷たくない雪になって降りかかってくる。それをなぎ払いながら歩き、玄関の引き戸を開けた。

すぐ左手にある受付の硝子越しに、職員の鈴木《すずき》が「おかえり、暁」と声をかけてきた。いつも髪を後ろでまとめ上げている鈴木は、職員の中でも歳が上の方で四十二歳。小言の多い鈴木はみんなにあまり好かれていない。あだ名は「ぐちマン」だ。

「ただいま」

小さく返事をして『高塚暁』と名前の書かれた白テープがついた下駄箱《げたばこ》に運動靴をしまう。

「学校はどうだった?」

昨日も、一昨日《おととい》も、その前の日も同じことを聞いてきたよなと思いつつ「いっしょ」と答えて廊下にあがると、甲高い笑い声が耳に飛び込んできた。受付の斜め向かいにあるリビングで園長の諫早と小学三年生の米倉海斗《よねくらかいと》が取っ組み合って遊んでいる。諫早の銀縁の眼鏡は鼻までずり落ち、いつも面白いぐらいぴっちり分かれている七三分けの前髪も乱れていた。

「あ、おかえり。暁」

視線に気づいたのか、諌早が目を細めた優しい顔で笑いかけてくる。

「ただいま」

それだけ返して、足早に自分の部屋へ逃げ込む。海斗は半年前、施設に来た。最初のうちはいつも隅で小さくなってろくに喋らず、おまけに女性の職員を怖がって震えるので、園長の諌早がつきっきりだった。最近になってようやく他の子供や職員とも話をするようになった……赤ちゃんみたいな片言だけど。

施設に入ってきたばかりの、生活に慣れない子や虐待で大人に怯《おび》えきっている子に職員がつきっきりになるのはいつものことだ。最初が酷かった海斗は、それが少しだけ長い。

何代目のお下がりかわからない、角がすり切れた傷だらけの学生鞄《かばん》から本を取り出す。手前にあった教科書が赤く汚れていた。血だろうか。自分の手のひらを見ると、右手の薬指から血が滲んでいた。廃工場に行った時に硝子で切ったやつだ。止まったと思ってたのに、鬱陶しい。

傷口をティッシュで押さえて廊下に出る。リビングにいる諌早は、海斗と遊ぶのに夢中でこちらに気づかない。

受付へ行くと、硝子越しに鈴木と戸倉の話し声が聞こえた。戸倉は最近ますます太ってきて、小さい子供を追いかける時はいつもフウフウと息を切らしている。自分の担当職員ではあるものの、あまり話をしない。

「最近、海斗も落ち着いてきたわよね」

戸倉はお菓子を食べつつ、書き物をしながら喋っている。

「うちに来てそろそろ半年だし、だいぶ慣れてきましたよね。最初は本当、どうしようかと思ったけど。すぐお漏らしはするし、着替えさせようと思って女の職員が近づくと、暴れて噛みついて……。あの子につられて、他の子たちまで苛々しているのがこっちにも伝わってくるし」

鈴木は縫い物をしながら口を動かす。あれは小学生の誰かのぞうきんだろうか。

「園長が朝から晩までつきっきりだったもんね。ようやく笑顔を見せるようになってきて、心底ホッとしたわ。笑えるなら一歩前進よ」

はさみを使うのが面倒だったのか、鈴木は歯で糸を噛み切った。

「虐待を受けてうちに来る子は多いにしても、海斗は特に酷かったですもんねえ。……そういえば私、暁が笑ったとこって見たことないわ」

鈴木の口から不意に飛び出した自分の名前に、ゴクリと唾を飲み込む。

「あぁ、あの子は愛想なしだから」

戸倉がさも知った風な顔で、ボールペンの後ろを頰に押し当てた。

「暁も虐待だったけど、そんな子にありがちな試し行動が一切なかったわね。物わかりはいいし、問題行動もないんだけど仏頂面なのがねえ。子供のくせに、小難しいこと言ったりするし」

「それ、わかります」

鈴木が前のめりになりながら頷く。

「あの子、まだ中学生なのにちょっと理屈くさいっていうか」

戸倉は「そうそう」と大げさに相槌《あいづち》を打つと、「けどま」と菓子を摘《つま》んでいた手をティッシュで拭った。

「全員が全員、海斗みたいに手のかかる子だったら仕事が回らないわ。最近、広明《ひろあき》も荒れがちで園長も頭を抱えてるし。暁みたいに問題のない子もいてくれないと困るわ」

今声をかけたら、きっと立ち聞きしていたと思われるんだろう。聞いてない振りをすればいいかもしれないが、自分は嘘をついたり、知らない振りをするのは上手《うま》くない。

この児童養護施設で、自分が職員にどう思われているのかリアルを知った。子供たちに向けられる選ばれた言葉と違って、大人同士の会話は生々しい。絆創膏《ばんそうこう》は諦めて部屋に戻ろうとしたら「あら、暁君」と背中から声がかかった。

職員の石本《いしもと》が、小学生の加奈《かな》と手を繋いで帰ってきた。石本は二十五歳と職員の中で一番若い。

「どうしたの？」

石本の視線は暁の指先に向けられている。

「……絆創膏が欲しくて」

「そうなの？　ちょっと待ってて」

石本が受付に入っていく。加奈は靴を脱いで下駄箱に入れると、受付に「ただいまー」、そして暁にも「ただいまー」と元気よく声をかけ、リビングに駆け込んでいった。廊下に出てきた石本は「加奈ちゃん、走らないの」と注意する。

暁の傷口を覗き込んだ石本は「あらあら」と子供番組の司会者みたいに大げさな声をあげた。

「自分で貼れる」

断っても「いいからいいから」と柔らかい指が触れて、傷口が絆創膏に隠れる。近づいた石本の体からは、ふんわりいい匂いがした。

絆創膏のせいでゴワゴワする指先を気にしながら部屋に戻ると、同い歳で同室の和田《わだ》広明が帰ってきていた。去年から広明は夜中に施設を抜け出したり、学校をサボったりと目に余る行動が多くなっている。一度、夜中に抜け出すのを注意したらそれ以降、口をきいてくれない。

広明は部屋を替わりたいと担当の石本に訴えているけど、来年になって今の高校三年生が出ていくまで無理だ。

二段ベッドの下に腰掛けて、広明は袋入りのチョコ菓子をムシャムシャと食べている。それは一昨日、職員から子供一人に一袋ずつ配られたもので「各自で量を調節して食べなさいね」と言われていた。暁は毎日一つずつ、楽しみに食べるつもりで残している。広明は昨日のうちに全部食べきって、殻をゴミ箱に捨てていた。

嫌な予感がして机の引き出しを開けると案の定、置いてあった菓子がなくなっていた。

「それは俺のじゃないのか」

広明はこちらを無視して食べ続ける。

「人のものを取るな。返せ！」

大きな声を出すと、広明は菓子袋を丸めて投げつけてきた。中はもう空。こんなことなら、昨日のうちに食べてしまえばよかった。それとも引き出しに鍵をかけておかなかった自分が悪いのか？　同室になって三年目。広明には盗み癖があるが、この部屋で何かを盗まれたことは今までなかった。

「マザコン」

広明はニヤニヤ笑う。

「あらあら、暁ちゃん。おっきな傷ねえ。絆創膏貼ってあげまちゅよー」

気持ちの悪い赤ちゃん言葉で、肩を揺らしながら喋る。暁は投げつけられたビニール袋と、辺りに散らばる空になった個包装の小袋を拾い集めた。

「お前のしたこと、担当に話すからな」

途端、泥棒の顔色が変わった。

「チクるのかよっ」

「本当のことだろう」

「ふざけんなっ！　このチビのチクリ屋」

広明の顔が真っ赤になる。

「小学生だってやっちゃいけないってわかっていることを、お前がするからだ」

部屋の外へ出ようとした瞬間、勢いよく背中を押された。前向きに転び、うつ伏せたところで背中にドンッと飛び乗られた。

髪の毛を摑まれ、廊下の床に顔を叩きつけられる。二度打ちつけられて、三度目の直前に体を反転させて馬乗りになっている体を突き飛ばした。広明は仰向けに転がったものの、すぐさま起き上がって狂った犬みたいに突進してくる。飛びかかられて、暁は勢いのまま後ろ向きに転んだ。

中学三年になっても暁の背は一五〇センチしかない。反対に広明は一六五センチと自分より十五センチも高い。

殴りかかってくる広明の右腕を摑む。そしたら左腕で殴ってこようとして、そっちも摑むと今度は頭突きされた。体重をかけられたら、体の大きい広明には勝てない。

「ちょっと何やってるのっ、あんたたち！　園長先生！　誰か来てー」

戸倉の悲鳴に、古屋《ふるや》という三十歳の男性職員と諫早が飛んできて、自分と広明を引き離した。古屋に羽交い締めにされてもなお、広明は手足をバタつかせている。取っ組み合いを見て泣き出した子もいて、職員が慌ててリビングへと連れていく。

「お前は生意気なんだよっ」

広明が唾を散らしながら怒鳴る。頭突きされてジンジンと響く額を手で押さえ、暁は広明のギラギラしている目を睨み返した。

「喧嘩《けんか》の原因は何なんだ？」

諫早に理由を聞かれても、広明は歯を食いしばったまま無視する。

「広明、またお前が暁にちょっかいを出したんだろ」

古屋のぼやきに、広明は「何でだよっ」と振り返った。

「どうして俺が悪いって決めつけるんだよっ！」

その勢いに古屋は一瞬だけひるむ表情を見せたものの「普段の行いだ」と開き直った。

「暁は人から手を出されることはあっても、出したことはないからな」

怒りの塊だった広明の顔が、今にも泣きそうに歪《ゆが》む。

「二人ともとりあえず園長室に来なさい」

広明は大人を振り切り、外へ飛び出していった。慌てて古屋が後を追いかける。諫早は「やれやれ」と頭を掻いた。

喧嘩相手が逃亡したので、暁だけ園長室に呼ばれた。受付の奥にある八畳間は、諫早の仕事机と、布地のすり切れた応接セットがある。壁には子供の描いた絵が、周囲が黄ばんだ古いものから新しいものまで、何枚も飾られている。

何かやらかした子供は園長室で説教をされるけど、暁はほとんど来たことがない。諫早と二人きりで話をするのも久しぶりだ。喧嘩の理由を説明した後、「俺は悪くない」と最後に付け足した。

諫早は首を少し傾げ「どうしてそう思う？」と聞いてきた。

「菓子を取ったのも、先に手を出したのも広明だ」

「話を聞いていると確かに広明が悪いんだが……」

だが、の部分が激しく癇《かん》に障る。こっちは被害者で、何も悪いことはしていない。

「俺の話を信じてないのか」

言葉が尖る。諫早は即座に「そうじゃないよ」と否定した。そして「まあお座り」と苛立つ子供にソファへ腰掛けるよう促した。

「暁は悪くない。けど広明には広明なりの事情があってね。今ちょっと辛い時期だから」

悪くないと言われたことで、爆発しそうだった怒りはおさまる。そのかわり頭突きされた額が今頃になってズキズキと疼《うず》き出した。相手が辛い時なら、自分は菓子を取られ、突き飛ばされ、頭突きされたことを許さないといけないんだろうか。そんなのおかしい。

職員も諫早も広明に甘い。門限を破ったり、夜中に施設を抜け出しても、他の子ほど叱ってない。納得してない暁の心情を感じ取ったのか、諫早は小さく息をついた。

「他の子には話さないでほしいんだが……広明のお母さんが病気で、あと半年ほどしか生きられないそうなんだ」

怒りに満ちていた頭の中が、スッと冷え込む。こちらの変化を見透かしたように、諫早は続けた。

「それなのにお父さんは広明とお母さんの面会を拒絶してる。こんな時ぐらいって思うけど、どうしても駄目だって言ってね」

二人を挟むテーブルの間に、沈黙が横たわる。

「色々あって大変だから、許せってこと？」

「そういうわけじゃないんだが……」

「広明が可哀想だから、少しぐらいのことは大目に見てやれって園長先生は俺に言ってるんだ」

諫早は腕組みをして「うーん」と小さく唸《うな》った。頭の中がカッと熱くなり、声が大きくなる。

「広明は俺に謝らないといけない。それは園長先生が『広明は可哀想だ』って俺を宥《なだ》めて終わっちゃいけないことだ」

大人からの反応はない。

「だってそうだろ。自分が辛い時に人に八つ当たりして、それを許してたら何度でも同じことを繰り返すよ」

諫早はしばらく黙っていた。

「そうだな。暁は正しいと思う」

ぽつんと呟く。

「けどね、人はみんな顔が違うように、心も違う。正しいことを言っても、通じない子もいるんだ。それならその子が理解できるやり方で折り合いをつけていくしかない」

「園長先生は逃げてるだけだ」

「そうかもしれない。ただ人には逃げ場所が必要だ。……たとえそれが悪いことだとわかっていてもね」

「じゃあそいつの気分で八つ当たりされた俺は、どうなるんだよ！」

諫早は苦笑いした。

「暁は賢いね。言っていることも正しい。正しすぎて、耳が痛いぐらいだ。けどね、みんな何が正しいことなのかは知ってるんだよ。もし世界中の人が正しいことをすれば、戦争も貧困も、こういう施設もなくなるだろう。そうなっていないのは、みんながみんな理想の世界に生きてるわけじゃないってことだ。人には白黒だけじゃない、グレーな部分がある」

　さて……と諫早は膝の上についた両手を組み合わせた。

「取り繕うのも何だし、君は頭のいい子だから正直な話をするよ。僕は物わかりのいい君に我慢してくれとお願いしてるんだ」

　脚色のない本音がそこにあった。

「俺が許して、それが広明のためになるのか」

「結末は誰にもわからない。これまでの僕の経験上、不安定な状況の時にこちらの希望を押しつけても、聞いてもらえないことが多い。荒れるのは、心の中に不満があるということだ。そちらを片づけてからでないと受け入れられないんだろうと、想像はできる」

　言っていることが、わからないわけではない。けど……。

「僕の提案は、君にとって不満の残るものになるだろう。けど自棄《やけ》になっている広明が少しでも落ち着くなら、園のみんなのためになる」

　逆らえない呪文の言葉が前面に押し出される。そして職員はこの呪文をよく使う。

『みんなのため、みんなのため、みんなのため』

諫早はソファから立ち上がり、机から何か取り出した。それは教科書ぐらいの大きさの箱で、パッケージがカラフルだった。蓋を開く。バケツみたいな形をしたチョコレートが沢山見える。

「他の子に見つかると面倒だから、ここで食べて」

目の前に差し出される。

「……いらない」

「遠慮しなくていいよ。友達からのおみやげだけど、子供たちに分けるには数が中途半端でどうしようかと思ってたんだ」

諫早は暁の隣に腰掛けた。肩先が軽く触れる。暁がチョコに手を出さないでいると、摘み上げ口許に近づけてきた。

「はい」

唇に押しつけられて、口を開ける。チョコは大きくて、口の中でもごもごする。嚙み砕くと、中のナッツがカリッと音をたてた。

「もう一個ね」

暁に両手があることを忘れたように諫早はチョコを口許に運んでくる。それも唇を開けて迎え入れた。

「子供はすぐに大きくなるなあ」

しみじみと諌早は呟いた。

「暁も来た時は子供子供してたのに、すぐ大人びた口をきくようになったし」

諌早の指が、癖のある暁の髪をくしゃくしゃと掻き回す。

「背は今どれぐらい？」

「一五〇センチ」

「そっかあ。暁はあまり伸びなくていいよ」

「嫌だよ。背の低い順に並ばされると、一番前になる」

「小さいと可愛いじゃないか。んっ？　チョコがついてる」

諌早は暁の口許を親指で拭い、そのままぺろりと指を舐《な》めた。

「チョコは溶けても甘いなあ」

間近にいる諌早を、暁は見上げた。

「何だい？　僕の顔に何かついてる？」

「園長先生は、他の職員と違う」

「どこがだい？」

距離が近いと言おうとしたら、膝の上に抱き上げられた。もうすぐ高校生になるのに
……と恥ずかしくなるが、誰にも見られてない。諌早は「体重は増えたかな」と笑う。

「最初に抱っこした時の君は、羽根みたいに軽かったからなあ」

脇腹にあたる手のひらから、じわじわと熱が伝わってくる。

「園長先生の手は熱い」

熱のある指が、暁の頬に触れた。

「……けど、君らの方がもっと熱いよ。子供には未来とエネルギーがいっぱいつまってるから」

諫早は暁の耳を、悪戯《いたずら》するように引っ張った。

「暁は猫みたいだなあ。黒い猫」

「俺はにゃーって鳴かない」

諫早は声をたてて笑い、暁を抱きしめた。

「雰囲気の話だよ。僕は猫、好きなんだ」

他愛のない話をして、合間にチョコを食べさせられる。そして園長室を出ていく頃には、どうしてここに呼ばれたのかすっかり忘れていて、自分の部屋に戻ってから広明と喧嘩したことを思い出した。

広明に頭突きされたのは痛かった。嫌だったけど……問題のある子供に独占されがちな諫早が、少しの間でも自分だけを見てくれたのは嬉しかった。

「あのさあ」

放課後、図書室に行く途中で呼び止められた。去年同じクラスだった合田《ごうだ》、その隣に森《もり》もいる。二人とはほとんど話をしたことはない。今年になってクラスが分かれてからは、廊下ですれ違っても目も合わさなかった。

「ちょっと話があるんだけど、いい？」

ここで言うのかと思ったら「こっち、こっち」と手招きされて、屋上へ続く階段の踊り場まで連れていかれた。……人に聞かれたくない話なんだろうか。切り出すのを躊躇っている合田の肩を、隣の森が「早く言え」とばかりに乱暴に押す。するとようやく合田は口を開いた。

「お前さ、養護施設で和田広明と同じ部屋なんだろ」

施設という言葉を使われると、荒れた手で撫で回されている気分になる。そこで暮らしていることを恥ずかしいと思ったことはない。けど面と向かっては言われたくない。

「……そうだけど」

合田と森は顔を見合わせ、合図をするように頷き合った。

「俺さ、ライムグリーンのＺＡＣを持ってるんだよね」

ＺＡＣは人気俳優がＣＭに出演したことで爆発的に売れている携帯音楽プレーヤーだ。施設でも欲しいという高校生がいて、職員に貯金を下ろす申請をしていた。自分は音楽を聴く趣味がないので、数万もかけてそれが欲しいという気持ちはわからない。

「それがこの前、学校でなくなったんだ。そしたら和田が俺と同じZACを持ってるって教えてくれた奴がいてさ」

……胸がザワッとする。

「そいつ、俺がなくしたことを知ってたから、和田にどこで買ったのか聞いてくれたんだよ。そしたら『親が買ってきた』って言ったらしいんだけど、ライムグリーンって限定色でもう売ってないんだよね。それに和田の持ってるZACの後ろにスカルのステッカーが貼ってあったらしくてさ。俺もZACの後ろに同じの貼ってたんだ。あぁ、スカルってインディーズのバンドで、ライブに行かないとそういう限定グッズとか買えないんだよ」

だんだんと話が見えてきた。

「お前さぁ、あいつに内緒で俺のZAC、取り返してきてくんない？」

返事をしないでいると、隣にいた森が身を乗り出してきた。

「高塚が取り返してきてくれたら、合田も今度のことはみんなに黙っててやるってさ」

……それは施設の人間が悪いことをしたのを見逃してやるという交換条件なんだろうか。

「学校にそういうものを持ってくるのは校則違反だろ」

途端、合田はばつが悪そうに口を噤《つぐ》んだ。

「俺に頼むんじゃなくて、広明と話をしろ」

合田は「嫌だよ」と首を横に振った。

「あいつ、怖いじゃん。怒らせたら何されるかわかんないし。俺はＺＡＣさえ戻ってくりゃいいんだからさ」

……広明は、施設でも他の子のものを取ったり、壊したりする。暁はこの前のお菓子の他に取られたものはない。保護者が面会に来ないので、余計にお小遣いをもらうことも、何かを買ってもらうこともない。狙われなかったのは、広明が羨ましがるものを持ってなかったからだ。

広明がこれまでしてきたことを思えば、合田のＺＡＣを盗んだというのも、ありえない話じゃない。けど……。

「俺は広明の持っているＺＡＣが本当にお前のものなのかどうかわからない」

合田が眉を顰めた。

「俺が嘘をついてるっていうのか！」

「そうじゃない。けど俺には本当のことがわからないから、あいつと話をしろ」

「話、通じねー」

合田は苛々した仕草で、短い髪をガリガリ掻いた。

「奴に聞けないから、お前に頼んでんじゃん」

「それを俺に言われても困る」

合田はチッと舌打ちし、蔑むような目で暁を見下ろした。

「お前、和田のこと庇《かば》ってんの？」

「そうじゃない！」

「お前らは仲間が悪いことをしても見逃すんだな」

同じ施設で暮らしているというだけで、勝手に仲間にされる。自分と広明はこの前の取っ組み合いから、いや、その前からほとんど口をきいてない。

合田は「あーあ、サイテー」とぼやき、森と一緒に階段を下りていった。その際「あのチビ、全然つかえねぇ」と吐き捨てていくのを忘れなかった。


学校からの帰り、遠回りして川沿いを歩いた。二十分ぐらい行くと、今はもうやっていない、煉瓦《れんが》造りのタオル工場が見えてくる。

廃工場は高い塀で囲われていて、一ヶ所だけ出入口がある。腰丈ぐらいの高さのポールが等間隔で置かれ、長いチェーンがかかっているから車両は行き来できないが、人ならひょいとその上を跨《また》ぐことができる。

塀の内側は、コンクリートで固められた場所以外は雑草が勢いよく伸びて、自分の背を超えているものもある。草を踏み分けて割れた窓硝子に近づき、ブリキのバケツを踏み台にして建物の中に入った。

そこは六メートルほどの太いローラーがいくつも並ぶ部屋だ。ローラーとローラーの一メートルほどの間を抜けて、隣の部屋に入る。体育館の半分程の広さがあるその部屋は、壁際に沢山の棚がとりつけられている。……中には何も入ってない。空っぽだ。

床には茶色の包装紙に包まれた、タイヤぐらいの直径の、巨大なトイレットペーパーみたいな円筒形の物体が十個ぐらいある。あれは切り取って端を縫われる前のタオルだ。一つだけ角を破いて中を確かめた。

壁際の棚をよじ登り、一番上から段ボール箱を取り出した。下におろして蓋を開けると部屋の中に「ギャッ」と鳴き声が響いた。

黒くて、羽を畳むと七センチぐらいの楕円形《だえんけい》になる小さな蝙蝠は、暁の顔を見上げて「ギャッギャッ」と耳障りな声で鳴き、箱の中をずるずると這《は》い回った。

蝙蝠を箱の中から出し、膝の上に乗せる。小さなミミズを垂らしたら、飛びつくようにしてガツガツと勢いよく食べた。ミミズを全て飲み込んでしまうと、もっとよこせと言わんばかりに「ギャッギャッ」と上を向いて鳴いた。今度は死んだ蛾を手渡しで食べさせる。

住んでいた家の焼け跡に通っていた頃、バス代を浮かせるために運賃の変わる直前の停留所で降り、歩いて帰っていたことがある。その時にこの廃工場を見つけた。施設の中は騒がしい。二人部屋の薄い扉は、廊下のひそひそ話でさえ筒抜けになる。だから一人で静かにいたい時はたまに立ち寄っていた。ここなら雨が降っても大丈夫だし、寒かったらタオルの中にくるまっていればいい。

半月ほど前、ここで蝙蝠を見つけた。前から建物の中で蝙蝠や猫を見かけることはあったが、人が来るとみんな蜘蛛《くも》の子を散らすように逃げていった。

蝙蝠は、ローラーのある部屋の床に落ちていた。「ギャッギャッ」とうるさく鳴くのに、近づいても逃げていかない。変だなと思ってよく見ると、左の羽がだらんと伸びたまま閉じていなかった。怪我《けが》をして飛べないんだろうか。このままだと猫に食べられてしまうかもしれない。いや、その前にエサを取れなくて死ぬか。……手を差し出すと、蝙蝠は狂ったように「ギャッギャッ」と鳴き、牙を剝《む》いてこちらを威嚇してきた。警戒心剝き出しの顔を見ていたら、同情が一気に薄れた。こういう自然の動物には、手を出さない方がいい。怪我をしたのも、飛べなくなったのも、それで猫に食べられても、全部この蝙蝠の運命だ。

うるさい蝙蝠を跨いで、工場の奥にある階段を上った。屋上に上がって川べりの白っぽく咲きはじめた桜を眺めていたら、工場の前の道を背の高い女の人が、白い日傘を差してゆっくりと通り過ぎていくのが見えた。人も車もほとんど通ることのない道だから、目につく。散歩か、それともどこかへ抜ける近道か……その人が進むたびに、日傘がくる、くるると小さく回った。

ぼんやりしているうちに、日が暮れはじめる。職員は門限にうるさい。階段を下りて、薄暗くなった建物を横切った。

ローラーのある部屋まで戻ってきた時、ドキリとした。薄暗い部屋の中、蝙蝠は相変わらず床の上で蹲《うずくま》っていたけれど、自分が近づいてもピクリとも動かなかった。……死んだんだろうか。

そっと蝙蝠に近づき、背中に触れる。「ギャッギャッ」と激しく鳴かれ、慌てて手を離す。……死んでない。そのことにホッとした。手を差し出すと、相変わらずギャッギャッ鳴いてうるさい。こいつ、死にそうになってもこんな風に鳴いてるんだろうか。犬や猫みたいに可愛い姿でぐったりしてたら、もっと同情してもらえるのにと考えているうちに、威嚇しかできない不器用さが可哀想になってきた。

暁は建物の中から小さめの段ボール箱を探してくると、タオルを敷いてその中に蝙蝠を入れた。気が違ったみたいに鳴いていた蝙蝠も、その辺にあった灰皿に川の水をくんで段ボールの中に入れてやると、顔を突っ込まんばかりの勢いで飲みはじめた。

何がエサになるのかわからなくて、窓辺に巣を張っていた蜘蛛を捕って与えると、ガツガッと食べた。そして「もっと」とでも言うように、「ギャッギャッ」と鳴いた。

その日から毎日、廃工場に通って蝙蝠の世話をしている。世話といっても、エサと水をやり、フンの始末をするだけ。羽が治ったら飛べるんじゃないかと思っていたけれど、いつまで経っても蝙蝠はほんの十センチほどの高さの段ボール箱の外へすら出ることはできなかった。

毎日エサやりを続けるうちに蝙蝠も慣れてきて、暁の膝の上で食事をするようになった。蝙蝠が膝に乗るとそこだけぽつんと温かくなる。こんなに小さいのに、生きてるんだとわかる。

「お前、本当に何でも食べるな」

蝙蝠は今、死んだカメムシと格闘中だ。

「その辺のものでいいから、楽だけど」

蛾やミミズ、小さな昆虫を沢山食った後、蝙蝠は暁の膝の上でおとなしくなった。腹がいっぱいになったら、眠たくなったのかもしれない。膝の上で毛糸玉みたいになっている蝙蝠は可愛い。最近は背中を撫でても、威嚇されなくなった。

「人間って面倒くさいぞ」

言葉が通じない動物に話しかける。

「自分勝手だしな」

施設で暮らしはじめてから、外で何か問題があると必ず「施設が……」と言われる。自分は何も変わらないのに、住んでいる場所が変わっただけで「施設」という前置きがつく。

だから学校でもおとなしくしてる。決まりは守って、悪いと言われることはしてない。それなのに向こうから問題を持ち込んでくる。自分は何もしてない。何もしてないのに……。

あんな奴らよりも、蝙蝠と一緒にいる方が何倍もマシだった。お腹が空いている時はうるさいけど、満腹になったらおとなしくなる。エサと水、それ以上のものは欲しがらない。

「……お前、もう飛べないのかな」

折り畳まれることのない、伸びきった羽に触れたら、蝙蝠は鬱陶しいと言わんばかりに「ギャッギャッ」と大きな声で鳴いた。

蝙蝠を相手に愚痴をこぼし、合田に嫌味を言われた憂さ晴らしをしているうちに遅くなって、施設に帰り着いたのは門限ぎりぎりだった。

広明の机には自分と同じ、古ぼけたお下がりの学生鞄が置かれている。部屋にはいないが、珍しく門限の前に帰ってきている。二段ベッドの下、広明の寝床の布団がぐちゃぐちゃになっているのが目につく。

職員に何度注意されても、布団を整えない。担当の石本が時折片づけていたけど、それも最近はなくなった。

皺《しわ》になったシーツの間に、若葉に似た緑色が見える。「もしかして」の思いに鼓動が速くなる。ベッドに近づき、それを取り出すとZACだった。裏には髑髏《どくろ》マークが印刷された二センチぐらいのステッカーが貼られている。合田が言っていた通りだ。

ZACを元通り布団の中に戻す。合田の「お前らは仲間が悪いことをしても見逃すんだな」という言葉が頭の中をぐるぐる回る。これを自分が合田に返したらどうなるんだろう。合田はそれで気がすむかもしれないが、広明はどうなる？　泥棒の気持ちは考えなくていいんだろうか。いや、まだ広明が盗んだとはっきりしたわけじゃない。……そうだとは思うけど、証拠がない。

背後のドアが開いた。部屋に入ってきた広明は、暁をその辺にある電柱レベルで無視して、二段ベッドの下、くしゃくしゃの布団の上に寝転がった。ZACを手に取り、本体に巻きつけてあったイヤホンのコードをほどく。

「何見てんだよっ」

不機嫌も露《あら》わに、睨んでくる目。ZACを視線で追いかけていたのを、本人を見ていると思われたらしい。

……どうする。自分に問いかけた後、息をする。小さく喉が鳴った。

「そのZAC、お前の？」

緑色を指さす。一瞬、広明の手が震えた。

「そうだよ」

広明はZACをポケットの中に押し込んだ。

「いつ買ったんだ」

「駅で拾った」

合田が言っていたことと違う。けど広明がその場しのぎの嘘をつくのはよくあることだ。

「拾ったものは、交番に届けないといけないだろ」

「ごちゃごちゃうっせえなあ」

ベッドから起き上がった広明は、暁を突き飛ばして部屋を出ていった。

夕食の時、広明は食堂のテーブルの斜め向かいにいて、食事が終わるとすぐにいなくなった。暁が部屋に戻ると窓の鍵が開いていたから、外へ出かけたらしい。部活動を除くと、午後六時が中学生の門限で、それ以降の外出は禁止。玄関脇の受付で職員が目を光らせているので、外へ行きたくなった子は窓から出入りする。

部屋で勉強していても集中できないから、教科書を片手に食堂へ行った。施設では十時が消灯。それ以降に勉強がしたければ、中学生以上は食堂のテーブルが使えるようになっている。中学生は二、三人部屋なので、勉強する子のスタンドの明かりが、他の子の眠りの邪魔にならないようにとの配慮だった。以前それで揉《も》め事《ごと》があったらしい。

高校生になると基本は一人部屋で、二人部屋は進学希望でない者が割り当てられる。だから夜、食堂に来てまで勉強するのは、この日も暁しかいなかった。

数学の予習で計算式を解きながら、広明のことを考える。本当にＺＡＣを取ったのかどうか。自分の中ではもう九割方、広明が犯人になっている。合田が嘘をついていると思わないのは、広明が怖いと言っていたからだ。怖い相手のものを奪って自分から揉め事を起こすとは考えづらい。

フッと周囲が暗くなる。

「えっ」

突然の暗闇。暁が声をあげると「あらっ、ごめんなさい」とすぐに食堂の明かりがついた。

「いたのに気づかなくって」

消したのは職員の石本だった。石本は、施設の生活に慣れきって古い置物みたいになっている中年の戸倉や鈴木と違って、子供の話をよく聞いてくれる。だからみんなが懐く。それが面白くない中年二人組に石本が何となく仲間はずれにされているのが、雰囲気で伝わってくる。

石本は「勉強してるのか。えらいね」と暁が広げている教科書を覗き込んだ。

「邪魔しちゃったお詫《わ》びに、コーヒーでも入れようか」

「いいよ」

「ついでだから。あ、コーヒーが嫌ならココアもあるわよ」

石本は台所でお湯を沸かして、ココアを入れてくれた。台所に子供が自由に飲めるココアはないから、職員室にあるものか私物なんだろう。

ココアを入れたら職員室に戻るかと思っていたら「少し話をしていい？」と声をかけてきた。

「いいよ」

石本は「勉強の邪魔をしちゃってごめんね」と向かいに腰掛ける。

「暁君は中三でしょ。この先はどうするの？」

自分の担当の戸倉を含め、職員に来年のことを聞かれたのは初めてだった。

「高校に進学したい。できたら近くで特待生とか取ってるところに」

担任の教師には、中三になってすぐに相談した。特待生制度のある高校がどこなのかわからなかったからだ。担任は暁の境遇を理解し、積極的にいくつか探してくれた。

「そうなんだ。……じゃあ広明君は進学のこと、何て言ってるか知らない？」

何だ、広明のことを知りたかっただけか……がっかりしつつ「話をしないから」と返事をする。石本は「そっか」と小さく息をついた。

「最近、広明君とちゃんと話せてないのよね。あの子、あまり施設にいないでしょ。夜は抜け出しちゃうし……」

昔は広明が施設を抜け出したら、職員が総出で捜しに行った。そういうことが何度か繰り返されるうちに「またか」となって、今では半ば黙認されている。

「女だから駄目なのかな、担当を男の人にしたら、もっと打ち解けて話をしてくれるのかなって色々考えるのよね。暁君だったら、女の担当と男の担当どちらが話しやすい？」

「変わらない」

石本は困ったような顔で笑い「そっかあ」と頬杖《ほおづえ》をついた。

「そういえば暁君は、何か悩んでることってないの？」

合田の顔が脳裏を過《よぎ》る。

「どうして？」

「他の子は何かあったら職員に相談してくるけど、暁君はそんなことないなあと思って。悩みがないなら別にいいのよ」

どうしようか迷う。胸の中でモヤモヤしているこの気持ちを、吐き出してしまおうか。それに石本は広明の担当だ。広明の……。

「ZACって知ってる？」

石本は「あぁ、うん」と頷いた。

「すごく流行《はや》ってるよね。暁君も欲しいの？」

首を横に振った。

「去年、クラスメイトだった合田って奴に『広明にZACを取られたから、こっそり取り返してきてほしい』って言われたんだ」

石本の表情から、ふんわりした気配が消えた。真剣な大人の顔になる。

「それは広明君が学校の同級生のものを盗ったってこと？」

「合田は盗られたって。広明は買ってもらったとか、拾ったとか言ってる」

石本は眉を顰め、頰に手をあてた。

「俺は広明が盗ったんだと思うけど、証拠がない。だから合田には『本当かどうかわからないから、取ってくることはできない』って返事をした」

「そう、そうだよね……」

石本は俯き、黙り込む。食堂にある柱時計のカチカチという音が、やたらと耳につく。不意に石本は立ち上がった。

「その話、園長先生にしてみよう」

「あ、けど……」

「本当に学校の同級生のものを盗っていたとしたら、これは私と暁君だけで解決できる問題じゃない。一緒に来てもらってもいいかしら」

あれこれ悩む間もなく園長室へ連れていかれた。諌早は夜になると施設の隣にある自宅に帰るが、今日はまだ残っていた。

「珍しい組み合わせだね。どうしたの？」

銀縁の眼鏡を引き上げ、諌早はニコリと笑う。石本に促されて、暁は合田に言われたこと、そして部屋でZACを見たこと、それを指摘した時の広明の反応を淡々と伝えた。

話し終えると、つかえが取れたのか胸がスッとした。逆に諌早は厳しい顔つきになる。

「……暁、話してくれてありがとう。後は僕が広明と話をするよ」

部屋に戻ってから、暁は悶々《もんもん》とした。誰かに話を聞いてもらえたのはよかったけど、諌早に任せてしまって大丈夫だろうか。諌早に「友達のZACを盗んでないよね」と聞かれたら、勘のいい広明は自分が告げ口をしたと思うんじゃないだろうか。だって部屋で「そのZAC、お前の？」と聞いている。

じゃあ話したのは自分だと言わないでほしいと諌早に口止めする？　そしたら施設にまで文句を言ってきたのは合田ということになって、奴が広明に仕返しをされるかもしれない。

「広明が盗んだらしい」という事実を知らない振りをするのは嫌だった。その部分はすっきりしたけど、これから先の広明の反応がわからなくて……少し怖かった。


諌早に話をした次の日だった。その日はとても天気がよくて、日差しがきつかった。暁は眠いな……と思いながら教室の窓から外を眺めていた。朝になっても広明の姿を見かけなかった。二日も帰ってこないことはないので、今日は戻ってくるだろう。だとしたら諌早が話をするのは今晩だろうか。その後は間違いなく荒れる。あまり考えたくない。


いつも通り、五時間目が終わった後の、気だるい十分間の休み時間のはずだった。いきなり後ろから襟を摑まれ、椅子から床に引きずり倒されるまでは。

何がおこったのかわからないまま背中から床に落ちて、痛みに「うっ」と小さく呻《うめ》く。見上げると、さっきまで頭の中にいた男が自分を見下ろしていてギョッとした。広明はTシャツにジーンズ……制服を着ておらず、その顔に表情はなかった。

胸ぐらを摑んで引き起こされ、庇う間もなく顔を殴られた。脳に響く衝撃と痛み。顔面がカッと熱くなり、口の中を生臭い液体が伝う。唇を拭うと手の甲が真っ赤になった。

「……殺してやる」

呪いの言葉が耳許で響く。これまで広明には何度も同じことを言われてきたのに、今回に限って背筋が怖気（おぞけ）立った。

二発目の気配に両手で顔をガードしても、その手ごと摑まれて床に頭を叩きつけられる。

「おっ、おい。やめろよ」

背後から飛んできた制止の声に、広明は「うるせえっ」と怒鳴り返し、暁の腹を蹴り上げた。刺すような痛みがみぞおちに走り「グゲッ」と蛙《かえる》みたいな声が出た。これ、まずい……。

叔父さんに殴られたり、蹴られていた頃のことを思い出す。あの時ですらこんなに震え上がりそうな恐怖は感じなかった。腹いせとか八つ当たりとか、そんなんじゃない。広明は本気だ。本気で自分を殺そうとしてる。逃げた方がいい。逃げないとまずいのに……お腹が痛くて立ち上がれない。

ガタッと物音がして顔を上げると、広明が椅子を持ち上げているのが視界に入った。喉の奥がヒッと鳴り、無意識に両手で頭を抱えた。

バンッと音がして、椅子が両手を直撃した。……痛い。

「おいっ、椅子はマジやめろっ！」

「ヤバイって」

ガタ、ガタと椅子や机の動く音。

「離せっ、お前らもブッ殺すぞ！」

……次の衝撃はこない。暁がおそるおそる頭を上げると広明がクラスメイトの男子三人に手足を摑まれたまま暴れていた。

「おいっ、早く先生を呼んでこいよっ！」

誰かが叫ぶ。すぐに「いったい何ごとだっ！」と隣のクラスの担任、池戸《いけど》が教室に駆け込んできた。

「ちきしょう！」

広明は大声で叫び、三人のクラスメイトを振り切ると、池戸を突き飛ばして教室を出ていった。

「どうした！　何があったんだ」

怒鳴りながら池戸は暁に近づいてきた。

「高塚、大丈夫か」

広明はいなくなったのに、体がぶるぶる震える。大丈夫、と言おうとして口を開いたら、血の混じった唾がゴフッと出た。周囲に集まっていた人垣から「キャーッ」と悲鳴があがる。

「きゅっ、救急車を……」

池戸の声が上擦り、顔が真っ青になる。

「……だっ、大丈夫……」

ようやく声が出た。目の前にティッシュが差し出され、それを何枚か鷲掴《わしづか》みにして口にあてた。吐き出しても吐き出しても、口の中は血の臭いしかしない。

「とりあえず保健室に行こう。歩けるか」

何とか立ち上がったものの、お腹が痛くて前屈みになる。結局、池戸が隣から支えて保健室まで連れていってくれた。

殴られたショックと痛み、恐怖で頭の中が真っ白になっていたけど、保健室で顔を洗い、口をゆすいでいるうちに少し気持ちが落ち着いた。鏡に映った自分の頬は、血を洗い流しても赤くて、氷枕に顔を押しつけた。頭を庇って椅子で叩かれた両腕も腫れ上がり、そこには湿布を貼ってもらった。

「念のため、病院に行きなさいね」

養護教諭にそう言われた。

「大丈夫だと思います」

「念のためよ。万が一何かあったら大変だから」

自分にはわかる。叔父さんに殴られていた時の、一番酷い時よりはましだ。この程度じゃ人は死なない。

広明が怖かった。あの全身から滲み出る「殺してやる」の気配が怖かった。クラスの子が止めてくれなかったら、本当に自分は殺されていたかもしれない。殴ってくる拳、蹴り上げてくる足、振り下ろされた椅子……どれも手加減はなかった。

保健室のベッドで横になっていると、担任が来た。どうしてこんなことになったんだと聞かれ「いきなり教室にやってきた広明に、一方的に殴られた」とだけ話した。諫早がＺＡＣの件を広明に話し、それで逆上したんだろうけど、そこまで喋るのは面倒だったし、口の中も痛かった。

養護教諭と担任が保健室の隅に移動し、小さな声で話をする。暁はゴワゴワするシーツの中で丸くなった。やっぱり広明は激怒した。……諫早に任せた時から、こんなことになるような気はしていた。

「高塚君」

養護教諭の声に、目を開ける。

「担任の先生がね、施設の人に迎えに来てもらうよう連絡をするって」

……迎えって、誰が？　そして自分はどこに帰る？　決まっている。施設の、広明と二人で使っているあの部屋だ。冗談じゃない。絶対に嫌だ。

「広明は？」

「ひろあき?」

「俺を、殴った奴は……」

養護教諭は「あぁ」と頬に手をあてた。

「君に怪我をさせた子は学校の中にはいないそうよ。家に帰ったのかもしれないわね。心配しなくても大丈夫よ」

体から力が抜け、思わず乾いた笑いが漏れた。この人は広明が自分と同じ施設にいて、同じ部屋だということを知らない。

「少し外に出てくるけど、迎えが来るまでゆっくり休んでなさい」

養護教諭が出ていく。一人になった。じっとしていると、顔や腹、腕の響くような痛みが強くなってくる。広明はどこへ行ったんだろう。施設には帰ってない気がする。けどいつかは戻ってくるんだろう。他に行くところがないから。

二人きりになったら、きっとまた殴りかかってくる。だって自分は死んでないから。自分を見下ろしたあの目、人形みたいな目。あれは人を見る目じゃなかった。……人だと思ってないから椅子で、あれだけ思い切り殴ることができたんだろう。

自分を痛めつけるなら、学校の帰りとか、施設の部屋の中とか、目につかない場所はいくらでもあるのに、教室までやってきた。放課後まで待てないぐらい、人目も気にならないほど怒り狂っていた。

広明はおかしい。人のものを盗んだと注意された、そんな当たり前のことで人を殺そうなんて普通はしない。広明のおかしさに、施設の職員や諌早は気づいているんだろうか。

広明がしおらしく謝ったら、みんな信じてしまいそうだ。広明は平気で嘘をつくのにそんなことも忘れて、反省してると思うかもしれない。それに諌早はわかってなかった。ZACの話をしたら、広明が自分を逆恨みしてくることは想像できたのに、ちっともわかってなかった。

自分に対する怒りを抱えたまま、広明は何食わぬ顔をして部屋に戻ってくる。そして今度こそ確実に自分を殺すのだ。

ベッドから起き上がった。まっすぐ立つとお腹が痛むので、前屈みになって歩く。授業中だったから、玄関の下駄箱に行くまで誰にも会わなかった。

靴を履いて外へ出る。見つかったら引き留められそうで、裏門を抜けるまで早足に歩いた。学校を出て五分も歩かないうちに、胃から何かせり上がってきた。公衆トイレまで我慢できなくて、道の脇にある植え込みに吐いた。

ムカムカがおさまったので、また歩く。自然と足は川の近くにある廃工場へ向かっていた。

ここは昼間でも静かだ。蝙蝠を置いてある部屋に入ると、来たことに気づいたのか、戸棚の中で「ギャッギャッ」と鳴いている。

暁はタオルの上で横になった。ここは安全。誰も知らないから、いつ自分に危害を及ぼす奴がやってくるかなんて考えなくていい。

蝙蝠はしばらく戸棚の中で鳴いていたけれど、そのうち静かになった。蝙蝠が鳴かなくなると、辺りは物音一つしない。たまに川沿いの道路を走る車の音が遠くに聞こえるぐらい。

広明がいるなら、もう施設には帰りたくない。じゃあどうする？……一人で生きていくしかない。食べないと死ぬから、働いてお金を稼がないといけない。

同い歳でも一七〇とか背の高い奴もいるのに、自分はクラスメイトの女の子より背が低い。制服を着てないと未《いま》だに「小学生？」と聞かれる。背が高かったら嘘をついて歳を誤魔化せたかもしれないのに。

望んだからといって、急に背が伸びるわけでもない。もしも……と想像しても、虚しいだけ。今までのこと、これからのことを考えているうちに、コードがもつれて絡まったみたいに頭の中がグチャグチャしてきた。ごろりと寝返りを打つ。明日になったら、自分が死んでいればいいのに。そしたらもう何も悩まなくていい。

部屋の中にある静かな空気が、一気にのしかかってくる。自分は一人だ。親もいないし、親代わりの人にも捨てられた。誰にも必要とされてないし、死んでも誰も困らない。

それなら、広明に殺されてもいいんじゃないか？

けど死ぬなら、静かに死にたい。練炭で自殺って話を、たまにニュースでやっている。

あれは眠るように死ねるって聞いた。ああいうのがいい。

死は特別なことじゃない。動物だって、親に守ってもらえなかった子供は、強い獣に食べられる。自分は親がいないから、獣に食われる。生きていけなくなるだけだ。

つっと生暖かいものが頬を流れ落ちた。どうして涙が出るのかわからない。自分はいつも一人だった。誰かの特別にはなれなかったし、してもらえなかった。

もう眠ろう。考えたくない。明日なんて来なくていい。横になっているうちに部屋の中は夕日の寂しい色へと、ゆっくり変わっていった。

「ギャッギャッ」……また蝙蝠が鳴き出した。しばらく放っておいたけど、いつまで経っても鳴きやまないので心配になる。

起き上がったら腹がズクンと痛む。筋肉痛っぽい感じだから、我慢できないほどじゃない。戸棚をよじ登って、うるさい箱をおろす。蝙蝠は自分を見上げて、「ギャッギャッ」と小さな口を大きく開けて鳴いた。……何のことはない。ただ腹が減っているだけだ。

暁はペットボトルを片手に、工場を出た。川岸へ行こうと道路の左右を見渡していたら、いつもの……白い日傘を差した人が歩いてくるのが見えた。ずっと背の高い女の人だと思っていたけど、顔を見て違和感を覚えた。化粧がすごく濃い。肩幅も広くて、水色のワンピースが少しも似合ってない。男の人……かもしれなかった。

視線が合った。じろじろ見ていてもいけない気がして、急いで道路を渡って川原に降りる。蝙蝠の水を調達して工場に戻り、入口にしている窓の上に巣を張っている蜘蛛を棒で叩き潰した。これだけじゃ足りないだろうと、建物の周囲を一周して蝙蝠が食べられそうな昆虫を探した。

水と段ボール箱のタオルを取り替えてから、潰れた蜘蛛を入れてやると蝙蝠はガツガツと食らいついた。なくなると、もっと欲しいと「ギャッギャッ」と鳴く。追加投入した蜂みたいな虫やミミズも嬉しそうに食っている。

手持ちのエサを全部やったら、満足したのか鳴かなくなった。そんな蝙蝠を摘んで、腹の上に乗せる。蝙蝠がごそごそと這い回ると、シャツ越しに爪が突き刺さってちくちく痛い。腹がビクビクする。すると殴られた腹に響く。うねる腹の上は居心地が悪かったのか、蝙蝠は暁の胸元まで這いずってくると、おとなしくなった。胸の上が、ぽつんと温かい。

もし自分が死んだら、こいつの世話をする人間は誰もいなくなる。そうなると飢えて死んでしまうに違いなかった。

「お前、俺がいるから生きていられるんだぞ」

恩着せがましい。蝙蝠はそんなこと頼んでないと言わんばかりに、蹲ったまま沈黙を守っていた。

施設の建物が見える場所まで戻ってくると、足が竦んだ。道端に少しの間、しゃがみこむ。気持ちが落ち着いてきたので立ち上がり、止まりそうになる足を必死に動かして、門までやってきた。見つかった途端に飛びかかってこられそうなので、広明の姿が見えないか周囲を神経質なぐらい見渡した。

玄関までたどり着くと、中から「暁っ」と自分を呼ぶ声が聞こえた。戸倉が外へ飛び出してくる。こんなに慌てた顔を初めて見た。

「あっ……帰ってきたのね。よかった……よかった」

肩に置かれた戸倉の指が、強く食い込んでくる。

「……門限、ごめん」

「それはいいのよ。怪我は大丈夫？　……とりあえずこっちに来なさい」

戸倉に背中を支えられて、園長室に連れていかれる。諫早は自分の姿を見ると、椅子から立ち上がり近づいてきた。きっと叱られる。心の中でグッと身構えた。けど、違った。諫早は自分を抱きしめた。ものも言わずにぎゅうぎゅう抱きしめる。

その胸は蝙蝠の何倍も……温かかった。

「心配したんだぞ」

死ななかったのは、蝙蝠がいたからだ。あいつは一人じゃ生きられないから、あいつを生かすために自分も生きることにした。

けど、こんな自分でもいなくなったら心配してくれる、力強く抱きしめてくれる人がいる……。

「顔を見せて。ああ……やっぱり腫れてるな」

顔の、殴られた部分に触れられると、頬がピリッとした。一皮むけてそこだけ敏感になったみたいに。

猛烈に諫早が欲しいと思った。この優しくて、温かい人に自分だけを見てほしい。本物の父親になってほしい。守ってほしい。暁は自分を抱きしめる男のポロシャツを強く握り締め、諫早の顔を見上げた。

「園長先生と二人だけで話してもいい？」

戸倉は「男同士の方がいいのなら……」と園長室を出ていった。ドアが閉まった後で諫早に「戸倉さん、すごく心配してたぞ」と言われた。

「お前は規則を破らない子だから、十二時を過ぎても帰ってこないってことがこたえたみたいだ。僕もそうだけど」

諫早は暁の頭をそっと撫で「こんな時間までどこにいたんだい」と笑いながら、髪に付いた小さな葉っぱを取ってくれた。

「戸倉さんが学校に迎えに行った時にはいなかっただろう。門限までには戻ってくると思ってたら、帰ってこない。事件なのか事故なのか、それとも自分で逃げてるのかわからなくて、捜索願まで出したよ」

夜に施設を抜け出す子供はたまにいる。広明のことはもうみんな慣れっこになっているけど、自分はそれだけ心配されたのだ。

「……広明は？」

「夕方に一度帰ってきたんだがまた出ていった。もう少し様子を見てみようと思ってる」

広明のことはあまり気にしていない風な口ぶりに、優越感を覚えた。それも当然かもしれない。殴られて、痛くて、嫌な思いをさせられたのはこっちの方だ。

「俺は、広明が怒るってわかってた」

諫早は「んっ？」と首を傾げる。

「園長先生が広明にＺＡＣの話をしたら、怒って俺のところに来るだろうなってわかってた」

驚いたように目を大きく見開き、諫早は沈黙した。そして「ごめんな」と頭を下げた。

「話が終わったら、もういなくなってたんだ。学校まで行って、暁を殴るなんて思わなかったよ」

「広明は俺に『殺してやる』って言ったんだ」

諫早の頬がピクリと引き攣《つ》った。

「二人きりになったら、俺は殺されるかもしれない」

諫早は何も言えない。

「園長先生は、俺を守ることができる？」

短い沈黙の後、諫早は真剣な目、重々しい口調で「わかった」と頷いた。


夕食を終えて部屋に戻ると、机の上でコーラのペットボトルが横倒しになっていた。中身は机の横のフックにかけた、蓋が開けられたままの学生鞄の中に流れ込んでいる。鞄から引き出した教科書とノートは薄茶に染まり、甘いコーラの匂いがした。ティッシュで拭っても表面がベタベタする。

部屋に戻ってきた同室の中村《なかむら》が「何やってんだ？」と暁の手許を覗き込んだ。

「コーラこぼしたのか。馬っ鹿だね～」

どうでもよさそうに吐き捨て、中村は二段ベッドの下に腰掛けた。

「……俺はコーラなんて買ってない」

中村は「ふーん。じゃあ広明がやったのかもな」と当然のように言ってのけた。

広明は暁を殴った日から数えて三日目に都内で補導された。中村たち高校生は「あいつ、別の施設に移るかもな」と噂《うわさ》していた。自分たちがいる施設は、規則が緩い方だ。言うことを聞けない子や、問題行動の絶えない子は、もっと規則の厳しい施設に移るらしい。だけど暁が来て以降、ここから規則の厳しい施設に移った子供は一人もいない。

暁は移らないだろうなと思っていた。広明が部屋を替わったからだ。余っている部屋はなかったので、二人で一部屋使っていた高校生組の片方と入れ替わった。その割を食ったのが中村だ。高校生二人に割り当てられる部屋は、中学生の二人部屋よりも少しだけ広い。

「お前さぁ、なんで言うの」

部屋替えの際、荷物を入れ替えながら中村は面倒くさそうに呟いた。「急に部屋を移動しろというだけでは納得してくれなかったから、彼には事情を話したよ」と諫早は言っていた。

「広明の盗み癖なんて、今にはじまったことじゃねぇじゃん。自分のものじゃないなら、放っときゃよかっただろ。いい子になって諫早に告げ口なんてするから面倒なことになるんだぞ」

「……俺は間違ったことはしてない」

ハーッとため息をつき、中村はそばかすの散る頬を乱暴に擦った。

「そういう問題じゃねえんだよ。要するに俺たちまで面倒に巻き込むなってこと。チクられた広明が反省するとでも思ってんのか？」

五歳の時に施設に預けられた中村は、暁よりも広明と一緒にいる時間が長い。本人をよく知っているとしても「放っておけ」という考えには賛成できない。広明は間違ってる。職員や園長は許しても、学校じゃ……外の世界じゃ通用しない。

帰ってきた広明は、まるで何ごともなかったみたいに、もとの生活に戻った。暁に謝りもしなかったし、一言も口をきかなかった。

ただその日を境に、暁は頻繁に嫌がらせを受けるようになった。通学用のスニーカーの爪先にマヨネーズを入れられるのはまだ可愛い方で、クロゼットの服に墨汁をぶちまけられたこともあった。

靴は洗い、黒いシミができた服は、石本が染み抜きしてくれた。それでも汚れが落ちないものは、染料で染めてくれた。新しいものを買う余裕はなかった。

小学生の海斗がお菓子がなくなったと騒ぎだし、捜したらなぜか暁の机から出てきたことがあった。子供全員が集まったリビングで、広明はこれまで己がやってきたことを棚に上げて「泥棒と一緒に暮らすなんてサイテー」とぼやきながら、ニヤニヤ笑っていた。暁は誰からも、盗られたと騒いでいた海斗からも文句は言われなかった。後になって、広明が海斗の菓子を手に暁の部屋に入っていくのを見たという子が出てきた。そんな証拠がなくても、本当は誰がやったのかみんなわかってる。けど誰も何も言わない。暁に嫌がらせする以外は、広明がおとなしかったからだ。だから待っている。広明の気がすんで、余計なことをしなくなるのを。

自分が我慢するしかない。暁はコーラに染まった教科書とノート、鞄を手に、洗面所へ行った。甘い炭酸を水で洗い流す。

「ちょっと、暁君。何してるの！」

当直だったのか、石本が慌てて駆け寄ってくる。

「それ、教科書じゃないの！」

「コーラがこぼれたから、洗ってる」

「洗うって……」

「コーラは甘いから、そのまま乾かしても紙がくっついて中が読めなくなるかもしれない。洗った方がまだまし」

「それでも……」

「新しいのを買うのは、もったいないから」

石本は洗面所に積み重ねられた教科書たちをちらっと見てから「私も手伝ってあげ

る」とシャツを腕まくりした。

「教科書にコーラをこぼすなんて、暁君も意外とうっかりさんだなあ」

「俺はコーラなんてこぼしてない」

それ以上は言ってないが、どうして自分が教科書を洗う羽目になったのか、見当がついたんだろう。

「……大変だね」

ぽつりと呟く。

「何が？」

石本は黙り込む。その沈黙に落胆している自分がいた。この人は大変だ、可哀想だと同情してくれるだけで、広明を問いつめ叱ってはくれない。

「もういい。自分でやるから」

「あ、けど……」

「本当にいい」

遠慮しているのではない、本気で嫌がっていると察したのか、石本は離れていった。ジャージャーと水道の流れに本を浸しながら、憂鬱になる。石本は悪い人じゃない。担当の戸倉よりも気にかけてくれている。けど今日に限って、中途半端な優しさが鬱陶しい。それならいっそ、戸倉ぐらい放っておいてくれる方がいい。戸倉には何も期待していないので、裏切られることもない。石本は優しいから、それ以上を期待してしまう。

教科書とノートを洗った翌朝、学校に行く前に「ちょっといいかい」と諌早に呼ばれた。教科書にコーラをかけられた件のような気がする。石本が諌早に喋ったんじゃないだろうか。暁は最初の頃、広明に受けた嫌がらせを……証拠のないものも逐一、諌早に報告していた。嫌がらせを受ける自分を、諌早は優しく慰めてくれる。でも同じことを繰り返しているうちに、気づいてしまった。諌早の慰め方がいつも同じだということに。

「それは大変だったね」

「広明が落ち着けばいいんだけどね」

園長室で、二人きりで話をする。慰められ、たまにお菓子をもらう。哀れみと同情の視線、優しい言葉は自分を慰め、とても居心地がよかったけれど、嫌がらせは延々と続いた。

結局、諌早は慰めてくれても、何もしてくれない。何もできないんだと気づいた時、自分がされた嫌がらせを報告するのをやめた。せっかく話をしているのに、この人は何もしてくれないんだと思いたくなかった。

「今日、施設に来たらこんなものが僕の靴箱に入ってたんだ」

二つに折られた紙を諌早が差し出してきた。開いてみるとやたらと右に流れた字で『石本と高塚がエッチをしていた』と書かれている。思わず鼻先で笑ってしまった。

「石本さんには先に確認して、そういう事実はないと言っていた」

諌早にメモを返す。

「暁から何か言うことは？」

「別に何も」

「何もないのかい？」

馬鹿馬鹿しくて、ため息しか出てこない。

「これを書いたのは誰かわかってる。けどどうしようもないし、俺が我慢するだけなんだろ」

しばらく諌早は黙っていた。そしておもむろに「広明は石本さんを気に入ってると思うんだ」と切り出した。

「えっ？」

「広明は職員との衝突が多くて、どの担当とも上手くやれてなかった。石本さんが担当になってからは二年も変更をせずにいられてる。それが母親を慕う気持ちなのか、異性として意識してるのかはわからないんだが、暁が広明の前で石本さんと話をするのを控えてくれたら、こういう形の嫌がらせは減るんじゃないかと思うんだ」

苛立ちが、ふつふつと込み上げてくる。ああ、そうか。嫌がらせをする広明は野放しで、自分はまた我慢しないといけないのか。

石本とはもとからあまり話をしない。向こうから声をかけてくる時だけ。「話をするのを控える」というのは難しいことじゃない。嫌がらせが減るなら、そうした方がいい。諫早の提案は、間違ってない。わかっていても腹が立った。

広明に殴られ、門限を破ったあの日「園長先生は、俺を守ることができる？」と聞いた。それに対する答えは「わかった」だった。部屋替えとか、夜に何度も広明と自分の部屋を見回るとか、諫早なりに色々と考えてくれているのは知っている。

叔父さんに暴力を受けていたあの頃と違って、今は守ってくれる人がいる。それでも、もっと……と願う心がある。今の嫌なことを全部取り除いてほしい。相手を避ける方法を教えるんじゃなくて、向こうを叱ってほしい。けど今の広明を叱ったら、ちまちました嫌がらせじゃなくて爆発的な暴力が自分に向けられるかもしれないことも予測できる。

わかる部分と、わかりたくない部分が頭の中で喧嘩して、苛々する。昔はもっと我慢ができたのに、それができなくなっている。

「園長先生がそうしろって言うなら、そうする」

ふてくされた口調に気づいたのか、諫早は「そういうわけじゃ……」と言いかけてやめ「そうかもしれない」と肯定した。

暁は無言のまま園長室を出た。これ以上、相手と言葉を交わすのが嫌だった。正直言えば、がっかりした。変な手紙のことを話すにしても「何か言うことは？」なんて聞き方じゃなくて「こういう事実はないと思うけど」と言ってほしかった。

急いで靴を履いたから確かめるのを忘れていたけど、今日は虫の死骸もマヨネーズも中に入っていなかった。玄関を出た暁は、全速力で走った。

学校の正門を抜けて、下駄箱で靴を履き替えていたら予鈴が鳴った。自分と同じ、遅刻ぎりぎり組が教室に向かって矢のように走っていく。

その中に、合田の姿を見つけた。片方だけイヤホンをして廊下を走る。胸ポケットから黄緑色がチラリとのぞく。すぐ近くを通っても声をかけられることはない。

自分が広明に殴られた後、何度か合田が校内で黄緑色のZACを聴いているのを見かけた。合田は取られたものさえ戻ってきたらそれでよくて、頼んだ元クラスメイトのことは、向こう側に渡るために通った橋ぐらいにしか思ってないんだろう。そのせいで暁が今どんな目に遭っているかなんて知らないし、知りたくもないに違いなかった。

教室に入った途端、ザワザワと騒いでいた声は、指揮者がタクトを振り上げたみたいにぴたりと止まった。みんながこっちを見ている気がする。……何か変だ。自分の机の周囲に人が集まっていて、近づくと人垣は曖昧な笑いを残して散っていった。

窓際にある自分の机の上には、黒いマジックで女性の生殖器の簡略図が、その横に『やりちん、しね』と汚い字で書かれていた。

……最近、広明はよく学校をサボっている。夜も施設に帰ってこないことの方が多い。

それなのにコレを書くためだけに学校へ来たんだろうか。

　教師が教室に入ってくる。椅子に腰掛け「お前の方こそ死ね」と心の中で呟きながら落書きの上に教科書を広げた。どれだけノートや教科書を重ねても、隙間からマジックの黒々とした色が見えて、食べすぎた時みたいに胃がムカムカしておさまらなかった。


　一学期の最終日だった。終業式は午前中に終わるので、一度施設に戻って昼ご飯を食べてから近所の図書館に行った。広明と顔を合わせないため、なるべく施設の中にいないようにしている。それでも直接的な、言葉のない嫌がらせは膿《う》んだ傷みたいにじくじく続いていた。

　図書館で数時間過ごしてから、廃工場に行って蝙蝠にエサをやり、門限の十分前に戻ってきた。今日は受付に人がいない。門限前後の時間は、帰ってこない子供がいないか確かめるために、大抵誰かいる。変だなと思いながら廊下に上がると、リビングに子供が集まっていた。十人はいるだろうか。これだけ大勢いるのに誰も喋ってないし、騒いでいない。

　今まで感じたことがない、異様な雰囲気だ。その中から海斗が抜け出し、暁に駆け寄ってきた。じっと見上げてくる。

「しんだんだって」

リビングで飼っている金魚のことだろうか。数匹の金魚にはそれぞれ名前がついているが、世話をしているのは小学生だし、死んだらすぐに新しいのが追加されるので、暁はもう見分けがつかなかった。

「うれしい？」

暁は眉を顰めた。

「嬉しいわけないだろ。金魚でも死ぬのは嫌だ」

「きんぎょじゃない、広明だよ」

暁は首を傾げた。

「お前、何を言ってるんだ？」

「広明がしんだら、もういじめられないよ。よかったね」

海斗はにっこり笑った。

「ちょっと海斗！　そんなこと言っちゃダメよ」

リビングから高校生の里沙《りさ》が出てきて、海斗の腕を乱暴に引っ張った。

「広明、きらいだもん。ぼくのおかしをとった」

「それでも、死んだら可哀想なの」

「いじわるだったから、広明はしんだんでしょ。かみさまにぽいされたんだよ」

「悪い人だっていい人だってみんな死ぬの！」

海斗は唇を尖らせた。

「いじわるなやつがしんだら、せかいがへいわになるのに」

海斗は里沙が鬱陶しくなったのか、摑まれた腕を振り払いリビングに戻っていった。

「広明が死んだって、本当なのか」

信じられないまま問いかける。里沙は目を伏せ「たぶん」と答えた。

「警察から電話があって、園長先生が出かけていった。その時にもう死んでるって話してた。さっきニュースでもやってたし」

職員は帰ってきたと思ったらまた出掛けたりと、バタバタしている。そのうち夕食の時間になった。所々でひそひそと囁《ささや》く声が聞こえるだけで、テーブルの上は静かだ。

……広明が死んだ。最後に顔を見たのはいつになるんだろうと考えて、一昨日の夜だなと思い出した。食堂のテーブル、向かい側の右端で食べていた。あれが死んだ……のか。やっぱり本当だと思えない。騙されている気がする。

食事の後、施設の子供は全員、リビングに集められた。テレビの前に立った戸倉は、泣き腫らしたような赤い目で「和田広明君が、交通事故で亡くなりました」と子供に伝えた。みんな事前に話を聞いていたので驚きの声はあがらなかったが、泣き出す子はいた。

広明は知り合いの三人と一緒に車に乗っていた。その車がスピードを出しすぎてガードレールに激突。三人が死亡し、一人が重傷。広明は死亡した三人のうちの一人だった。お通夜は大人だけが参列し、明後日《あさって》に近くの斎場で行われるお葬式にみんなで行くことになった。

話が終わると解散になり、暁は部屋に戻った。二段ベッドの上にあがり、横になったけれど眠たくはない。

広明のことは大嫌いだった。数えきれないぐらい嫌がらせをされたし、殴られた。死ねばいいと思ったこともある。けど死ねばいいと思うのと、本当に死んでしまうのとは違う。

海斗が言っていたように、もう自分は嫌がらせをされない。靴にゴミを詰め込まれたり、学校の机に落書きされることもないが……。

今日、図書館で読んだ本に、蝙蝠は種類によって、二十年生きるものもあると書かれてあった。長生きの蝙蝠よりも、広明の命は短かった。

中村が部屋に戻ってきて、一段目のベッドに腰掛けた。

「なぁ」

下から声をかけられた。

「広明、マジ死んだんだな」

「うん」

「俺さぁ、中二の時、あいつに蹴られて歯が折れたんだよ。けどあいつ、謝んなかったんだよね」

その頃、自分はまだこの施設に来てなかった。

「結局、俺に謝んないままだったな。もう死んじゃったし、どうでもいいけどさ」

自分にも広明は謝ることはなかった。

「お前さぁ、本当のとこどう思う？」

「何が？」

「広明が死んでさぁ、どう思う？」

少し考えた。

「悲しくもないし、嬉しくもない。けど……広明が死んだって気がしない」

下からは「だよなぁ」とため息のような相槌が聞こえた。

「死んだって気がしねぇよなぁ。こんな時に悲しくない俺って人としてどーよって思ったけど、お前も同じで安心したわ」

広明は死んだ。ただ、その死は見えない。……ふと、広明は死ぬ瞬間に何を考えたんだろうなと気になった。

父親の葬式は、ほとんど記憶に残ってない。一つだけ、庭の隅で死んだカマキリが蟻《あり》に運ばれていくのをじっと見ていたことは覚えている。

花で飾られた祭壇の下に、広明の棺《ひつぎ》はあった。子供は見ない方がいいということで棺の蓋は開けられなかった。

読経が流れる中、祭壇の高いところに、自分のスニーカーにマヨネーズを入れた中学生の、笑顔の写真がある。悲しい場所に笑っている顔なんて、変だなと思う。いつも騒がしい小学生以下の子供たちも、今日は借りてきた猫みたいにおとなしい。

葬式が終わると、火葬場には大人だけが行き、施設の子供はみんなで歩いて帰った。日差しがきつくて、制服の背中に汗をかく。公園の傍《そば》を通ると、ミンミンと忙《せわ》しなく鳴く蟬《せみ》の声が降ってくる。

本当にあの棺の中に広明がいたんだろうか。施設に帰ったら、リビングにひょいと出てきそうな気がする。そう思うのは顔を見てないせいだろうか。

広明に殴られて廃工場へ逃げ込んだ時、色々としんどくて死にたくなった。もしあの時死んでいたら、どうなっただろう。人が来ないところだから、腐って骨になるまで誰にも見つけられなかっただろうか。

死はわかる。けど死って何なんだろう。蝙蝠にエサをやる。そのために昆虫を集める。

それは死んでから、もしくは生きたまま蝙蝠の腹の中におさまる。蝙蝠が生きていくためのもとになる。わかりやすい。じゃあ広明の死には——何の意味があったんだろう。親に育てられず、ずっと施設で暮らしていた広明の十四年は、誰にも必要とされてない十四年はいったい何だったんだろう。捨てられたのは自分も同じだ。それでも広明よりはましだろうか。本当の親に捨てられたわけじゃないから。それに諫早も、広明が死んだ時よりも、自分が死んだ時の方がもっと悲しんでくれそうな気がする。

その日の夜、消灯を過ぎてから部屋を訪ねてきた諫早に「話がある」と言われた。こんな時間に呼ばれるのは珍しい。園長室に入ると、そこは香ばしい独特の臭いがした。右手の壁に小さな祭壇がつくられて、白い布に包まれた四角い箱がある。葬式で見た……笑った広明の写真と目が合い、ギョッとする。

視線が祭壇に注がれていることに気づいたのか、諫早は「気になる?」と聞いてきた。

「あれ、骨?」

諫早は困っているみたいな、変な顔で笑った。

「そうだよ、広明のお骨《こつ》だ。四十九日がきたら、お母さんと同じ和田のお墓に入れてもらえるそうだけど、それまではね」

家があるのに、どうして帰らないんだろう。家の人は広明を嫌がっていたようだけど、もう死んだのに。喋ったり、暴れたり、ブチ切れたりしないのに。

「人っていうのは、呆気《あっけ》ないものだね。ついこの前まで元気でいたのに……運命っていうのは若い人間に残酷なことをする」

暁を見下ろす目は充血し、顔も青白い。広明が死んでから二日の間、施設の中で諫早の姿を見たことはなかった。

「遅くに呼びつけて悪かったね」

ため息にまで疲れが滲み出ている。

「このタイミングで話をするのがいいのか悪いのか、僕にも判断がつかないんだが、時間がなくてね」

話が切り出されるまでに、少し間があった。

「昨日の夜、君の叔母さんから連絡があった」

自分に優しく笑いかけてくる叔母さんの顔が、パッと頭に浮かんだ。ごくりと唾を飲み込む。自分がここに来てから、初めての連絡。もしかして会いに来てくれるんだろうか。

「心して聞いてくれ」

引き取るという話かもしれない。施設で暮らしはじめてから二年半。自分を世話する余裕ができたんだろうか。封印したはずの思い出の箱が開く。みんなの顔を思い出す。期待に胸がワッと膨らんだ。

「君のお母さんが、亡くなったそうだ」

諫早の言っていることは理解できるのに、意味がわからない。そして恐ろしい可能性を怖々と口にした。

「それって、叔母さんのこと？」

「違うよ。君の本当のお母さんだ」

「俺の母親は、もう死んでる」

「ご両親とも亡くなっていると君には話していたようだが、お母さんの方は生きてらしたそうだ」

後出しジャンケンに負けた、そんなモヤッとした気持ちのまま「何それ」と呟いた。

「君のお母さんはお父さんと離婚した後、外国……アメリカで生活していたらしい。向こうの、お母さんの知り合いだという人から連絡があったと」

諫早から視線を逸《そ》らし、俯いた。……それは誰の、何の話だ？

「僕が直接、知り合いの人と話をしたんだ。その人が旅費と滞在費は負担してくれる。君はパスポートを持ってないから、それを作るのに十日前後時間がかかると話したら、準備が整ってアメリカに来るまでお母さんの葬式は待つと言ってくれたよ」

「そんなの無理じゃないの」

暁は顔を上げた。

「俺を待ってたら、死体が腐るよ」

「多分だけど、君が来るまで凍らせておくんじゃないかな」

暁は首を横に振った。

「……俺は行かない」

「施設の仲間が亡くなって、君もショックだと思う。そんな時にこんな話を聞かされて、混乱するのもわかる。けど今回ばかりは一時の感情で物事を決めない方がいい。僕の意見を言わせてもらうと、君はアメリカに行くべきだ」

「会わなくていい」

諫早の顔を正面から見据えた。

「ずっと死んでるって聞かされてた。それが生きてて、また死んだって言われても、何とも思わない」

偽りのない本音だった。

「君はお母さんに会ってみたいと思わないの？」

それを聞いてくる諫早の方が不思議だった。

「死んでるのに？」

「それは……」

「どうして会えなんて言うんだ？　死んでるなら写真を見るのと同じじゃないか」

……気分が悪い。さっきから部屋に充満しているこの臭い。焼けた骨の臭い。広明の臭いに吐きそうになる。

「俺は行かないから」

園長室を出ていこうとすると「待って」と腕を摑まれた。諫早の指の力が強い。皮膚に食い込んで痛い。

「君が大きくなって、結婚して子供ができた時に、思い出せるお母さんの顔がないのは寂しいよ」

暁は笑った。笑うしかなかった。

「俺に、死体の顔を思い出せって？」

諫早が黙り込んだ隙に、摑まれた腕を振り切って園長室を飛び出した。部屋に戻ると、ベッドに寝そべって漫画を読んでいた中村に「お前、園長と何の話をしてたの？」と聞かれた。

「……別に」

二段ベッドの上に潜り込み、枕に顔を突っ伏した。死んだ母親。けど生きていた母親。そしてまた死ぬ。「死」という言葉がまるで玩具みたいだ。広明も、母親も簡単に死んだ。誰かの言葉一つで。

……悲しくはない。最初からないとされていたものが、本当になくなったと言われても何とも思わない。それならいっそ、顔も、名前も、何もかも知らない方がよかった。

ロサンゼルスに着いたのは、午後三時十分だった。暁は人の流れに沿って歩き、ゲートの近くにできた列に並んだ。柱の時計を見て、自分の腕時計の時間を合わせる。

入国審査が終わり、細長い通路を抜ける。するとロビーみたいな広い場所に出た。表示は全て英語で、訳がわからない。ぼんやり突っ立っていると、背後からドンッと押された。前につんのめった後で振り返る。力士並に横幅のある金髪のおばさんにジロリと睨まれた。

通路の真ん中で邪魔になっていたらしい。隅の方にある椅子まで移動し、腰掛ける。迎えに来る人のジョン・マクディルという名前しか知らない以上、ここで待つしかない。

……アメリカに来る気はなかった。けど何度も園長室に呼び出され、諫早に説得された。

「正直な話をするよ」

五度目に話をされた時だった。節電対策で開け放した窓からは、ジリジリ蝉の鳴き声が聞こえていた。

「もしこれが金銭的な負担……旅費を君が全て負担しなければいけないということだっ

たら、行っておいでとは言えなかった。施設にそんなお金を肩代わりする余裕はないからね。けどお母さんの知り合いは旅費や滞在費は払うと言ってくれている。それなら行った方がいい」

「行っても仕方がない」

「今の君は必要ないと判断しても、十年後の君はやっぱりお母さんに会っておいた方がよかったと考えると思うよ」

「先のことなんてわからない」

「僕はね」

諫早は自分の胸を押さえた。

「君らの年代はとっくに通り過ぎてきた。そして君が想像する、大人になる年齢も超えているだろう。通ってきた道だからこそ、君は母親に会う必要があると思うんだ。それに今なら夏休みで、学校も休まずにすむ」

結局、押し切られる形で「うん」と頷いてしまった。頑《かたく》なに拒むことで、ここまで言ってやってるのに頑固な奴だと思われ、諫早に嫌われてしまうのが少し怖くなった。

自分の言葉一つでアメリカ行きは決まり、パスポートのできる時期に合わせて、八月八日に日本を出発した。

一つだけ暁は気がかりなことがあった。廃工場の蝙蝠だ。アメリカに行って帰ってくるのに、最低でも四日はかかる。そんなに放っておいたら、食い意地が張っているあの蝙蝠は死んでしまうかもしれない。かといって、世話を頼める友達もいない。

最後に頼ったのは、やはり諫早だった。「怪我をした動物を世話している」と打ち明けると「君がいない間は、僕が責任を持って面倒を見るよ」と言ってくれた。段ボールの底で、敵意も露わに「ギャッギャッ」と鳴く蝙蝠を見下ろした諫早は「犬や猫かと思ってたよ。暁は面白いものを世話してるね」と笑った。

「怪我をしてるし、小さい子供に弄《いじ》られたら死ぬかもしれない」

不安を口にしたら「ずっと園長室に置いておくよ」と約束してくれた。

今回のアメリカ行きは、諫早と職員しか知らない。施設のみんなには、叔母の家に一時帰宅するのだと話した。アメリカに行くとなったら事情を説明しないといけないし、みんなが変に騒ぎかねないからだ。

十分ぐらい待ってみても、迎えらしき人は見あたらない。このまま来なかったらアメリカで野宿なのかなと考えていたら、一人の男が目についた。明るい茶色の髪、四十を過ぎたぐらいのその男は、周囲をきょろきょろ見回していた。

もしかして……と思っていると、目が合った。男の口が驚いたように大きく開かれ、まっすぐ自分に近づいてきた。

男が話しかけてくるけど、英語の先生が喋る英語と違う。まるで生きものみたいに躍動する言葉は何を言っているのかさっぱりわからない。通訳の人がいると聞いていたのに、それっぽい人は見当たらない。

男が背後を振り返り、大きく手招きした。すると黒い髪に黒い瞳、アジア系で彫りが深い、ハーフのような雰囲気の二十歳ぐらいの男が駆け寄ってきた。

茶髪の男と黒髪の男の会話の中に、「アキラ」と入っているのが聞き取れた。

「君は高塚暁君かな？」

黒髪の男の口から出てきたのは、綺麗な日本語だった。

「……はい」

返事をすると、黒髪の男はニコッと笑って手を差し出してきた。

「こんにちは。僕は君がこっちにいる間、通訳をすることになっているダニエル・真《まさ》人《と》・オースティン。マサトって呼んでくれ。こっちのおじさんがジョン・マクディル」

紹介されたとわかったのか、ジョンはニコニコしながら「アキラ　コンニチハ」とキとニを強調した変なアクセントで挨拶してきた。暁も「こんにちは」と小さく頭を下げる。

「日本からの長旅、疲れただろう。お疲れ様。お腹は空いてない？」

「……いいえ」

「お母さんにすぐ会いに行く？　それとも少し休んで、気持ちを落ち着けてからにする？」

早口な上に矢継ぎ早だ。

「休まなくてもいいけど、着替えをしたい」

「着替え？」

「制服を持ってきたから」

真人は首を傾げ、そして「あぁ」と手を叩いた。

「日本だと学生は喪服のかわりに制服を着てたっけ。お葬式は明日だから、今日はそのままの服装でいいよ。じゃ早速、行こうか」

二人に連れられて、暁は空港の外へ出た。ジョンは車を取りに行き、暁は真人と並んで彼が車を回してくるのを待った。外は天気がよくて、空は抜けるみたいに青い。空気は熱く、少し埃《ほこり》っぽい。轟音《ごうおん》に顔を上げると、真上を飛行機が行き過ぎた。

ジョンが歩道に横付けしたのは、ずっと水たまりを走ってきたかのように下の方が泥だらけで、バンパーが曲がっている青い車だった。

「さ、暁。後ろに乗って」

真人に促されて後部座席に乗り込む。背もたれは破れているし、足許にはお菓子の空き袋やペットボトルが転がっている。こんなにボロくて汚い車は初めて見た。飛行機代や宿泊費を出してくれるという話だけど、あまりお金のない人かもしれない。そうだとしたら、母親の顔を見たいわけでもないのに来てしまって、申し訳ない気持ちになった。

車はロータリーを回り、道へ出た。初めて目にするアメリカは、とにかく道幅が広い。家も大きくて平たい。ジョンの車よりも汚れた車が何台も対向車線を走っていく。

「お母さんのいる家まで、車で三十分ぐらいだよ」

助手席の真人が教えてくれる。

「夕食は何が食べたい？　ジョンが何でもごちそうしてくれるって」

「俺は何でも……」

「こっちの食事は、不味《まず》いところは本当に不味いからね。けど僕に任せておけば大丈夫。希望を言ってくれたら、美味しい店に案内するよ。ちなみに僕のお薦めは、ブッシュの店のフレンチと、Chinaって店の中華」

「よくわからないから」

「じゃあブッシュの店に決定だ。高いフレンチをジョンに奢《おご》らせてやろう」

人懐っこくて陽気な真人に、少しだけ気後れする。

「お葬式の次の日も、暁はこっちにいるんだろ。行きたいところはない？　あっ、ハリウッドのスタジオが見たかったら、きっと見学できるよ。ジョンは顔が利くからね。好きな映画俳優は誰？」

話を聞いていると、自分が何のためにここに来たのか忘れそうになる。

「あの、教えてもらいたいことがあるんだけど、いい？」

真人が「ＯＫ！　何でも答えるよ」と胸を押さえる。

「俺の母親、なんて名前なのかわかる？」

真人の口が、困ったような形の半開きになる。何かまずいことを聞いてしまっただろうか。

「君、知らないの？」

「ずっと死んだって言われてたから。誰にも聞いたことがない」

「君のお母さんの名前は、田村華江《たむらはなえ》だよ」

タムラハナエ。どこにでもありそうな名前。その響きからは、自分にとっての特別は感じられない。

「俺の母親は、アメリカで何をしてたんですか？」

真人が苦笑いした。

「君は本当に何も知らないんだね。お母さんは、女優だったんだよ」

「女優？」

「ハナエ・タムラって名前でずっと活動してたんだ。ファンや仲間の間ではリリーって愛称で呼ばれてたな。演技が上手くって僕もファンだった」

話に聞く母親に、叔母さんのような現実味はない。

「君はお母さんにとてもよく似てるよ。空港でも、彼女のミニチュアみたいだったから一目でわかったってジョンも言ってたし」

顔……そういえば、自分の母親がどんな顔をしているか想像したこともなかった。ジョンが真人に何か話しかけて、二人が喋りはじめる。暁は座席のぼろいクッションに深く腰掛けた。もうすぐ自分を産んだ女の人の顔を見ることができる。

ふと、広明が死んだ時の、中村の言葉を思い出した。

『こんな時に悲しくない俺って人としてどーよって思ったけど……』

母親の死体を前にしても、自分は悲しいと思わない気がする。そんな自分は冷たい人間なんだろうか。

ずっと死んでいると聞かされてきた。他人に説明する母親の記憶が「三歳の時に父親と離婚して、その後すぐに事故で死んだ」から「三歳の時に父親と離婚して、アメリカに行って、自分が十五歳の時に死んだ」と数文字増えただけ。

車が右折し、店の前に止まる。日本でもよく見かけるコーヒーショップの看板が出ていた。ここに母親がいるんだろうか？

真人が後部座席に大きく身を乗り出してきた。

「ジョンがコーヒーを飲みたいんだって。寄っていってもいい？」

いいも何も、もう駐車場に入ってしまってるのにと思いつつ「うん」と頷いた。窓際の丸テーブルの周囲に三人で腰掛ける。何を飲むかと聞かれて、どんなメニューがあるのかわからないままココアを頼み、口にして驚いた。砂糖水かと思うほど甘い。買ってもらった手前残すこともできなくて、ちびちびと舐めながら飲んだ。

「暁」

顔を上げると、真人が真剣な目で自分を見ていた。

「……実はね、お母さんに会う前に、ジョンがどうしても君に話しておきたいことがあるそうなんだ」

ジョンが、自分を見たまま英語で何か喋った。真人は口許を歪める。言葉はなかなか訳されない。気になる。

「ジョンさんは、何て？」

真人は「んーっ、えっと……」と歯切れ悪く喋り出した。

「君のお母さんは、アメリカに来てから死ぬまで女優の仕事をしていた。再婚はしなかったけど……ずっと一緒に暮らしていた恋人がいるそうなんだ」

言葉を切った後、真人は「大丈夫？」と暁の顔を覗き込んだ。

「何が？」

「母親に恋人がいたって聞かされるのは、子供の立場からしたら気分のいいものじゃないだろう」

二人は自分に、すごく気を遣ってくれている。

「俺は大丈夫です」

母親に恋人がいたと聞いても、何とも思わない。本当に何も。

真人は「もし話を聞きたくないと思ったら、ストップって言って」と前置きした。

「今、お母さんの傍には恋人がずっとついてるんだって。ジョンはお母さんの恋人、リチャード・カーライルのマネージャーなんだ。リチャードは俳優だけど、今は映画のプロデューサー業をメインに仕事をしてる」

「ふうん」

女優に男優、そしてプロデューサー。母親の周囲は華やかで、華やかすぎて映画かドラマでしか見ることのない世界のようだ。

「お母さんの傍に、リチャードがいても大丈夫？」

頷くと、真人が「オーケー」と通訳する。ジョンはホッとした表情で「サンキュー」と暁に向かって微笑んだ。

話が終わると、早々に店を出た。車はだだっ広い道を猛スピードで走る。周りは野っ原だなと思っていたら、少しずつ家が増えてきて、いつの間にか住宅街の中に入っていた。パームツリーの影が、道路の上に梯子《はしご》みたいになっていて面白い。

ジョンの車はその中の一軒、クリーム色の塀の前で止まった。ジョンがインターフォンで何か言ったら、どっしりした鉄製の門がゆっくりと開き、車はその中に入っていく。

塀の中は白い石が敷き詰められた道があり、その脇の花壇は公園みたいに綺麗に整えられていた。百メートルぐらい奥に、家が見える。すごく大きい。施設の二十倍はありそうだ。クリーム色の壁、青い屋根は、昔ジグソーパズルで見たドイツの城を思い出した。隣にはプールらしきものまである。

建物の大きさに圧倒されているうちに、車は止まった。ジョンが外へ出て大きなドアの呼び鈴を押す。しばらくすると外国の絵本から抜け出してきたような、巻き毛のおばさんが姿を現した。くりっとした瞳は青い。

ジョンはおばさんと言葉を交わし、先に屋敷の中に入っていった。

「ジョンが、少し待っててくれって」

真人が説明してくれる。

「ここは何？」

「リチャード・カーライルの自宅だよ」

「お城みたいな家だ」

「凄いよね。僕もこんなに大きな家に入るのは初めてだ。さすがリチャード・カーライルってとこかな」

真人は建物の周囲を見渡し、うっとりとため息をつく。

「リチャードって、そんなに有名な人？」

真人は笑った。

「通りを歩いている人に聞いてみればいいよ。リチャード・カーライルを知ってるかってね。十人中、九人は『知ってる』と答えるだろう。もし『知らない』と返事をする奴がいたら、そいつはダサい田舎者だ」

十分ほどでジョンが建物から出てきて、真人に耳打ちした。

「入っていいって。……行こう」

促されて、建物の中に足を踏み入れた。玄関は天井が高く、シャンデリアがキラキラ光っている。床には美術館でたまに見る大理石みたいな石が敷き詰められ、塵《ちり》の一つも落ちてない。

広い玄関を抜けて、リビングのような場所を横切る。リチャードはアジア系のものが好きなのか、壁には蓮《はす》の花が描かれた布がかけられ、小机の上に飾られているのは象と人が一緒になった、インドっぽい置物。馴染《なじ》みがないのに懐かしいと思うのは、かすかに漂ってくるお香の匂いのせいかもしれなかった。

建物が大きいと、廊下も長い。五十メートル走ができそうな廊下の真ん中、白いドアの前でジョンは足を止め、振り返った。自分に向けられた言葉は「your mother」の部分だけ聞き取れた。

「この部屋の中に、お母さんがいるって」

真人がドアを指し示す。母親の顔を見ることには、何の意味もないと思っていたのに、すぐそこにいると言われると急に緊張してきた。

「一緒に行こうか」

暁の右肩に、真人がそっと手を置いた。

「大丈夫」

白いドアを開けた。途端、むせかえるほどの百合《ゆり》の匂いに襲われる。驚いた。部屋の中は沢山の花で埋め尽くされていた。百合の匂いが強いけど、百合だけじゃない。バラにチューリップ、暁でも名前を知っている花が、まるでここは花畑と言わんばかりに部屋中で咲き誇っている。

花畑の真ん中に置かれた黒い棺の横に、背の高い男の人が立っていた。歳は三十代だろうか。金色の髪に、薄青の瞳。とても綺麗なその顔をどこかで、何かの映画で目にしたことがあるかもしれない。

薄青の瞳が自分を見ている。……睨まれているようで、怖い。足が前に進まない。

「傍に行っていいんだよ」

真人に促されて、暁は部屋の中に踏み出した。すると薄青の瞳の男は、スッと棺から離れた。

棺は蓋が外されていたので、中で横たわっている人の全身が見えた。

そこに寝ていたのは、綺麗な女の人だった。黒々と長い睫毛《まつげ》に縁取られた瞼《まぶた》は柔らかく瞑《つぶ》られ、頬はふっくらと丸みをおび、淡い桜色の唇は、今にも喋り出しそうにつやつやしている。

黒い髪は肩口で柔らかいカーブを描き、指は胸の前で組み合わされている。指先もふんわりピンク色だ。着ている白い服がよく似合う。

眠っているだけ、今にもその目がパチリと開いて、起き上がってきそうだ。

「本当に死んでるの？」

思わずそう聞いてしまった。真人はゆっくりと頷く。

「だって死体じゃないみたいだ。すごく……綺麗だし」

「エンバーミングしてあるからね」

初めて聞く言葉だった。

「そのエンバ……グって何？」

真人は不思議そうな顔をしたあと「あぁ」と小さく手を叩いた。

「そういえば日本は火葬だったな。アメリカではね、死んだ後に体が腐らないように薬をいれて、色々と処置するんだ。上手くすれば半永久的に、生きていた時と同じ状態で保存することができる。ミイラの最新版ってとこかな」

ミイラと言われて驚いた。

「凍らせなくても、腐ったりしないの？」

「そうだよ。……暁、遠慮しないでお母さんに触ってみなよ」

触る、という考えはなかったけど、触っていいと言われたら、触れてみたくなる。どうしようか迷って、暁は胸元で組み合わされた両手、その袖口に触れてみた。白い布地をゆっくりと押してみると、奥に硬い感触があった。

「直《じか》に肌に触れてもいいんだよ」

暁は首を横に振った。

「何だか、起こしてしまいそうだから」

この人の目は覚めない。わかっていても気持ちよさげな眠りを邪魔してしまいそうで気が引ける。

「明日にはお墓に入るから、後悔しないように思う存分、ママに甘えなよ」

やっぱりこの人は生きている気がする。これは「死んだ」って芝居をしているだけで、不意に起き上がって笑い出すんじゃないだろうか。

奇妙な確信を持って、頬に触れる。柔らかそうに見えて、皮膚は硬い。そして生きている人の体温をその頬から感じられなかったことに自分でも驚くほど落胆した。

組み合わさった指もやっぱり硬い。この手は、赤ん坊の頃の自分を抱き上げたことがあるんだろうか。想像できない。どう見てもお母さんという感じがしない。とても綺麗なお人形だ。自分は本当にこの人から生まれたんだろうか。

英語が聞こえる。けどジョンと金髪の人はずっと話をしていたから、それが自分に向けられた言葉だと、真人に肩を叩かれるまで気づかなかった。

「リチャードがね、君に『お母さんに会えてどうか』って聞いてる」

薄青の瞳が、自分を見ている。意地が悪そうだから、あの目は好きじゃない。

「……初めて顔を見るから、よくわからない」

真人が言葉を訳す。途端、薄青の瞳が大きく揺らいだ。頭を抱え、ジョンに向かって早口でまくしたてている。自分が何かあの人を怒らせるようなことを言ってしまったんだろうか。男は薄青の瞳からぽろぽろと涙をこぼしながら近づいてきて、真人に何か訴えていた。

「暁、リチャードが君を抱きしめてもいいかって」

「……どうして？」

真人は困っている顔で「うーん」と唸った。

「寂しいから……じゃないかな？」

ふうん、この男の人は寂しいのか。それなら断るのも可哀想で「いいよ」と答えた。

真人の通訳を聞くとすぐさま、男は自分を抱きしめた。力が強くて、息が止まりそうに

なる。

「Sorry, sorry ……」

英語の聞き取りが苦手でも、この人が自分に謝っているのはわかる。まるで薄青の瞳が溶けるようにぽたぽたと落ちる涙は、暁の肩口を濡らしていく。

母親と話したことはない。名前を呼ばれた記憶もない。知っているのは車の中で教えてもらった名前と、女優という仕事だけ。アメリカでどんな生き方をしてきたのか何も知らない。

……それでも、数えきれない花に囲まれた部屋。むせかえるほどの甘い匂い。母親がこの人に、死んだ後も大切にしてもらっているというのはわかった。

一人はきっと寂しい。だから母親の傍にこの人がいてよかった。自分みたいに寂しくなくてよかったなと、そう思った。


アメリカにいる間はホテルに宿泊予定だったのに、急遽《きゆうきよ》リチャードの豪邸に泊まることになった。【暁が母親といられるのは今日だけだから、思い残すことのないよう傍にいさせてやりたい】とリチャードが言いはじめたからだ。

ジョンに【どうする?】と聞かれる。どちらでもよかったけど、ホテルを使わなければ宿泊費の負担が減るかなと思って、リチャードの家に泊まることにした。英語がわからない自分のために、通訳の真人も一緒にいてくれることになった。

外で夕食を食べた後、みんなでリチャードの家に戻ってリビングでお茶を飲んだ。外で食事をした時も、帰ってきてからも自分の隣には常にリチャードがいた。ソファだと距離がとても近くて、体のどこかが触れている。スキンシップも頻繁で、肩に手を置かれたり、抱きしめられることも多い。外国人が抱き合っているのは映画とかでよく見ていたとはいえ、実際に自分がその立場に置かれると慣れなくて居心地が悪い。

「君が望むことで、僕に何かできることはあるかい？」

リチャードの言葉を、真人が訳してくれる。少し考えた。

「お母さんの出ている映画を、何か見られますか？」

真人の訳を聞いて、リチャードは早口でまくしたてた。

「お母さんの出演作は全部揃ってるって。主婦やキャリアウーマン、教師に……変わり種だと泥棒とかね。あとプライベートフィルムもあるそうだ。どれが見たい？　って」

「なるべく長く出てて、台詞《せりふ》が多いのを。……声を聞いたことがないから」

それを真人が伝えた途端、意気揚々としていたリチャードの顔がくしゃりと歪み、背中を丸めて号泣した。よく泣く大人だとは思っていたけど、どうして急に泣き出したのかわからない。ジョンはリチャードにまるで叱っているみたいな厳しい口調で声をかけ、二人は部屋を出ていった。

「……俺、何か気に障ることを言ったかな」

真人は苦笑いしながら「心配しなくていいよ」と慰めてくれた。十分ほどすると泣き腫らした目のリチャードがジョンと一緒に、フィルムを何本か手に戻ってきた。

「最初にプライベートフィルムを見せてくれるって」

真人がそっと耳打ちする。フィルムが再生されると、すぐに人影がテレビ画面に現れてドキリとした。そこにいたのは、棺の中で眠っていたあの人。暁は前のめりになって画面に見入った。

『No, no』

画面の中の人が、撮られるのを嫌がるようにカメラのレンズを手で塞ごうとする。それでもしつこくカメラが追いかけていると、諦めたのかカメラを無視してキッチンに行き、立ったままパンをむしゃむしゃ食べはじめた。

何か言われたのか、椅子に腰掛ける。小さな顔に大きくて黒い瞳。癖のある長い髪。暁は思わず自分の髪の先を摘んだ。

こちらに、いや……撮影している人に話しかけている声は、想像していたよりも低い。けど響きが甘くて、黒砂糖みたいだ。

あの声だったら、どんな風に自分の名前を呼ぶんだろう。数秒でもいいからそんな瞬間がこないかとじっと画面を見つめているうちに、暁は眠ってしまった。

触れられる気配に目を覚ます。視線だけ動かして周囲を見渡すと、リチャードが小さく歌を口ずさみながら、自分の頭を撫でていた。小さい子供はよく職員にあやしつけられて眠る。自分は中学生だからもうそこまで手をかけてもらえることはない。

大きな手の感触が気持ちよくて、寝ている振りをしていたら本当に眠ってしまい、旅の疲れもあったのか朝まで起きることはなかった。

墓地でのお葬式の間、リチャードはぴったりと自分の傍に寄り添っていた。棺に土がかけられはじめ、あんなに綺麗なのに埋めてしまうのはもったいないと思っていると、リチャードが暁の手を強く握り締めてきた。大人の手は震えていて、薄青の瞳は今にも泣いてしまいそうに潤んでいたけど、涙はこぼさなかった。

お葬式の翌日は一日中、リチャードに連れ回された。ハリウッドの映画スタジオで、シリーズ物の映画に出ているという俳優を紹介された。真人は大興奮してたけど、暁はその俳優のことを知らなかった。大きなショッピングモールに行くと、リチャードは【あれが似合うよ】【これも君に似合いそうだ】と目についた服を全部、買っていった。もう鞄に入らないと言ったら、スーツケースまで買って持たされた。

帰国するその日、空港でリチャードにお小遣いだとお金を渡された。返そうとしても「No, no」と受け取ってくれない。困って真人に相談したら「お年玉だと思えばいいよ」とのことだったので「ありがとう」とお礼を言ってもらうことにした。

帰りの飛行機では、頭がふわふわしていた。現実なのに、現実の気がしない。みんな自分に親切で、優しかった。あんなに優しく、主人公みたいに人にかまわれたのは初めてだったから嬉しくて、少し疲れた。

目を閉じると、フィルムで見た母親の姿と声が頭の中で再生される。死んだと聞かされた時は、母親に会う必要はない、顔を見に行ったところで、自分は「死」という結果を確かめるだけになるだろうと思っていた。……暁は諫早の判断を、乗り気でない自分を根気よく説得してくれたことを心から感謝した。

母親の顔を見られてよかった。綺麗な人でよかった。話をすることはできなかったが、それでもよかった。声は黒砂糖みたいだった。もう叶《かな》わないけど……一度でいいからあの声で自分の名前を呼んでもらいたかった。

……飛行機の中、暁は機内食を食べる他はずっと眠っていた。

空港から施設まで、電車を乗り継いで帰った。多忙な諫早を迎えに来させるのも申し訳なかったたし、リチャードからもらったお金もあった。真人に教えられていた通り、空港で両替するとびっくりするほどの大金になった。月のお小遣いの二十倍……怖くなって、すぐさま財布にしまった。

施設に戻ったのは昼過ぎ。コンクリートの門柱を抜けると、見慣れた建物が目に入ってくる。スーツケースを引きずりながら玄関まで来たところで、受付の戸倉が気づいて「あら、暁じゃない。おかえり」と顔を出してきた。

「ただいま」

「あ、ちょっとそこで待ってて」

戸倉は受付の中に引っ込み、かわりにTシャツに短パン姿の諫早が出てきた。

「おかえり、暁。電話をくれたら空港まで迎えに行ったのに」

「電車の乗り継ぎがわかったから」

諫早の視線は、真新しいスーツケースに注がれている。

「その鞄はどうしたの？」

「向こうの人が買ってくれた」

諫早は「よかったね」と微笑み「少し話ができる？」と暁を園長室に呼んだ。

駅からスーツケースを引きずってきて、暁は汗だくだった。園長室は窓が開け放たれているものの風が吹いていないので蒸し暑く、額から噴き出す汗は止まらなかった。

壁際には相変わらず広明のお骨があって、臭いがする。ふと、園長室はこんなに狭かっただろうかと思ってしまった。リチャードの家はどこも広くて、大きかった。お城みたいなあの家で過ごした三日間が、まるで夢のように感じられる。

「疲れたろう、まあ座って」

くたびれたソファに腰掛けたら、汗をかいた背中にシャツがはりついて気持ち悪かった。

「アメリカに行ってみてどうだった？」

広い道路と、汚い車。背の高い建物がなく、視線の抜ける風景を思い出す。

「広かった」

諫早は少し笑った。

「お母さんの顔は見てきた？」

コクリと頷く。

「どうだった？」

少し考える。

「人形みたいに綺麗な人だった」

諫早は「そうか」と大きく相槌を打つ。

「お母さんは、向こうで幸せだったんだと思う」

「どうしてそう思うの？」

「向こうで一緒に暮らしていた男の人が、いい人だったから」

諫早はソファでのけぞると「お母さん、恋人がいたの！」と大きな声をあげた。

「とても親切な人だった。本当は……母親の顔なんて見なくていいとか思ってたけど、行ってよかった」

素直に告げる。綺麗な顔を見られてよかった。動いている姿を、声を……フィルムだけど見られてよかった。いろんな人に親切にしてもらえてよかった。

あの時「行け」と背中を押してくれた諫早の判断に間違いはなかった。

「そう言ってもらえると、僕も勧めた甲斐《かい》があったよ」

諫早は満足そうに目を細める。そういえば……暁は園長室をぐるりと見回した。

「俺の蝙蝠は……？」

途端、ニコニコしていた諫早の表情が引き締まったものになる。嫌な予感がした。

「そのことなんだけどね」

諫早は重苦しいため息をついた。

「一昨日いなくなったんだ」

「えっ」

「あの蝙蝠、飛べないって言ってたよね」

暁は大きく頷く。

「それが部屋の中で飛び回っていたんだ。君が出かけた翌日だったかな。鳥かごを買ってくるまではって気をつけてたんだけど、僕が園長室を出た時に受付の方に行って、そのまま窓の外へ飛んでいってしまったんだ」

……信じられなかった。よく動いてはいても、自分の前では羽ばたく様子を見せなかった。ただエサはたくさん食べていたから、少しずつ翼は治っていたのかもしれない。

「申し訳ないね」

「いいよ。飼ってたわけじゃないから」

飛べたなら、仲間のもとに帰ることもできるだろう。すごく懐いていたし、最後に顔を見られなかったのは寂しいけれど仕方がない。

園長室を出て、部屋に戻った。広明が死んだ後、中村は高校生の二人部屋に戻り、暁は一人になった。スーツケースを机の横に置いて、二段ベッドをよじ登る。

目を閉じると母親の顔がぼんやり頭に浮かぶ。最後の眠っている顔と、フィルムに出てきた溌剌《はつらつ》とした笑顔が交互に。アメリカって凄い。死んでも人を腐らせずに、あんなに綺麗な形で残しておくことができるなんて、まるで魔法みたいだ。

自分の頬に触れてみた……違う。二段ベッドの木枠は、ちょっと硬すぎる。母親の頬は、これよりもう少し柔らかかった。

布団をはぐり、下に敷いてある薄いマットレスに触れる。これが一番、母親の肌の感触に近いかもしれない。裸のマットレスにうつ伏せているうちに、長旅の疲れも重なって、夕食の時間だと職員が起こしにきてくれるまで暁は汗だくのまま熟睡していた。

アメリカから帰ってきてからちょうど一週間後、園長室に呼ばれた。何かと思ったら、母親の恋人、リチャード・カーライル……金髪で薄青の瞳をしたあの男が、自分を引き取りたいと申し出ていると聞かされて、驚いた。

「お母さんとカーライル氏は婚姻関係にはなかったそうだから、君とは法律上、何の関係もない。それでアメリカにいるカーライル氏のもとに行くとなると、養子という形になる。アメリカでは、他国の子供を養子にするのは珍しくないんだが、日本の施設の子供が外国人の養子になるというのは、人身売買の問題があって、君の年齢では難しいんだ。それにカーライル氏は独身だ。適切な養育環境が与えられないということで、申請は通らないと思う」

施設に来た最初のうちは、何度か里親の話もあった。その頃は叔母さんが迎えに来てくれると信じて疑わなかったので、全て断っていた。今はもう何も期待してない。母親の死を知らせてくれたのは叔母さんだったけど、用件以外は何も話さなかったと諫早は言っていた。

思いがけない養子の話。リチャード・カーライルの胸は温かかった。頭を撫でてくれる指も優しかった。言葉がわからなくても……いい人だった。

「僕の意見を言わせてもらうと、もしお母さんが結婚していて、カーライル氏が日本人だったなら、この話に賛成したよ。ただ今回はあまりにも条件が厳しすぎる。最終的に決めるのは君だが、僕は日本の高校で教育を受けた方がいいと思う。君は成績がいいから、レベルの高い私立高へも、特待生で行くことができるかもしれないしね」

本音を言えば、あの人のところに行ってみたい。言葉がわからなくてもいい。あんなに母親を大事にしていた人なら、自分のことも大切にしてくれるかもしれない。お父さんのようになってくれるかもしれない。

行きたい自分と、冷静な自分がせめぎ合う。リチャードの養子になるのは困難だと諫早は判断した。どういう手続きになるのかわからないが、諫早だけじゃなくリチャードの手も煩わせることになるかもしれない。親切な人たちに迷惑をかけたくない。ずっと子供を見てきている諫早が「ここで高校教育を」と考えるなら、そっちが正しいんだろう。けど……暁はきつく目を閉じ、頭を撫でる優しい記憶を振り切った。

「……俺はここにいる」

暁の決断に「それがいいと思う」と諫早も頷いた。

「カーライル氏には僕から電話をしておくよ。メールよりも直接話した方が伝わるだろうしね。学生時代に留学していた経験が、こんなところで役に立つとは思わなかったな」

「……あの」

「何だい？」

「手紙を書いてもいい？」

んっ、と諫早は首を傾げた。

「リチャードさんに手紙。養子の件は断るけど、そういう話をしてくれたのは嬉しかったって。あ、メールの方がいいかな」

そうだなあ、と諫早は腕を組んだ。

「手紙の方が気持ちがこもっている気がするから、そっちの方がいいんじゃないかな。エアメールを書いたら持っておいで。出しておいてあげるよ」

暁は辞書と格闘し、三日かけてリチャードへの手紙を書いた。お世話になったことのお礼、養子の件は断らせてもらうけど、その気持ちが嬉しかったこと。感謝の心が伝わるよう一文字一文字心をこめた。

書き上げた手紙を諫早に渡し、文章に誤りがないか見てもらった。ザッと目を通した諫早は「よく書けてるじゃないか」と暁を褒め、「住所を書いて、出しておくね」と預かってくれた。切手代を払うと言ったら「今回は特別。みんなに内緒でね」と悪戯っぽくウインクした。

春先から、広明や母親のことで色々あったが、夏が終わる頃には気持ちが落ち着いていた。自分のことを引き取って養子にするとまで言ってくれた優しい人が、海外にいる。諫早も自分のことを常に気にかけて、一番いい道を選んでくれる。

叔母さんのことは、胸の奥にしこりになって残っている。嘘をつかれた、謝ってくれない、迎えに来てくれない……ただ、そのことばかりにこだわっていても仕方ない。自分はここで生きていくことを考えないといけない。大人になることを考えないといけない。

……強がりではなく、心からそう思えるようになっていた。

春、私立の男子高校に特待生として入学した。そこは学年二十番以内から落ちたら特待生の資格がなくなるので条件は厳しかったが、施設から歩いて通えて楽だった。

部活に興味がなかったわけではないけれどお金がかかりそうだし、特待生という以上、絶対に成績は落とせないので三年間は勉強に集中することにした。

事務室にある、諫早と職員専用で子供は触らせてもらえないパソコンも、学校の視聴覚室にあるものを、教師に申請すれば使うことができた。それで母親を美しいまま保っていた技術、エンバーミングについて調べた。

検索しても、見つけられるのは海外サイトばかり。翻訳もなかなか上手くいかず、辞書を片手にサイトを読む。真人が話していた通り、アメリカでエンバーミングは日常的に行われているとわかった。

『美しいお別れを』

ただの宣伝文句が、スッと胸に染みる。母親の死は美しかった。目を閉じ、最初に浮かぶのは気持ちよさそうに眠る姿。そこには動かない、喋らないという明らかな死があったのに、自分は決して不幸ではなかった。

広明が死んだ時は、顔を見られなかった。糸が切れるみたいに突然、存在が消えた。そのせいなのか、自分の中で広明と死のイメージが上手く結びついてない。母親は違う。眠っているように美しく、けれど確実な死。それを感じ取ることで、自分の中で気持ちを整理することができた。

調べていくうちに、エンバーミングは銃で撃たれて顔が半分なかったり、事故で腕や手が千切れていてもある程度、形を整えることができると知った。広明は顔が人に見せられないほど酷い状態だった。もしエンバーミングができていたら、死んだ顔を見られていたら、自分の中で「終わり」をはっきりと感じることができたんだろうか。

美しく最期を迎えることは、残される人、死んでしまった人両方のためだ。そういう死を求める人は多いのかもしれない。エンバーミングのことを知れば知るほど、日本では珍しいその職業に、強く惹かれていった。

エンバーミングをするには、専門知識と技術を持ったエンバーマーにならないといけない。日本にも専門学校はあるが、アメリカはエンバーミングを学べる葬儀大学が沢山ある。カリキュラムも充実し、実習の機会も圧倒的に多い。学ぶなら本場で学びたいという気持ちが日に日に強くなっていった。

大学には行きたい。奨学金を受けたら通えるし、施設でも大学に入学して無事卒業した前例はある。ただ海外留学となると、どう考えても無理だ。お金がかかりすぎる。

諦めきれなくて色々調べているうちに、留学の奨学金制度があることを知った。それを受けられたら、何とかなるかもしれない。

先立つものはお金だ。高校の間に、できる限りお金を貯《た》めようと決心した。留学の奨学金を受けられ授業料が免除されても、向こうで一人暮らしをしないといけない。最低、一年ぐらいは勉強できるようにしておいて、お金が続かなくなれば休学して働き、お金が貯まったらまた学校に通えばいい。

アメリカの授業は英語だ。高校を卒業するまでの三年の間に向こうで暮らしても支障がないぐらいの英語力を身につけておかないと、とても授業にはついていけない。暁はさっそくアルバイトをはじめ、お金を貯めて型落ちのＺＡＣを安く買った。高校の図書室収蔵の英語のヒアリングＣＤを全てＺＡＣに落とし、暇さえあれば聴いた。

諫早は英会話ができるから、教えてもらおうかとも考えた。けど、どうしてそこまでヒアリングの勉強をするのかと聞かれたら困る。大学進学でさえ大変なのに、現実を知っている諫早は留学なんて絶対に無理だと言うに決まっている。それに諫早に「無理だよ」と言われたら、きっと自分は諦めてしまう。それでも、何と言われても、諦めたくない。

成績を落とさないために勉強し、アルバイトをする。休み時間も延々と英語を聴き続ける。同じ中学から進学した同級生ともほとんど話をしなかった。友達はいらない。くだらない話をしている暇があったら、一つでも多くの英語を聞き取れるようになりたかった。

夏休みもアルバイトと図書館通いを繰り返す。まるで学校に行っているみたいに規則正しく。できれば高一のうちに、進学を希望するアメリカの大学が出しているＴＯＥＦＬの最低ラインをクリアしておきたかった。

「やぁ」

八月最後の日曜日、図書館へ行くために駅前を歩いていたところで、声をかけられた。

「君、背が伸びたね」

サングラスをかけた男が、親しげに笑いかけてくる。こんな人は知らないし、何とも胡散臭《うさんくさ》い。知人を装った新手のスカウトだろうか。

高校に進学してから……いや、背が伸びはじめてから、やたらと道で人に声をかけられる。芸能界に、役者に興味はないか、モデルをやってみないか……全て断った。話を聞く時間があれば勉強したかった。

自分の顔が猜疑心《さいぎしん》に満ち溢れていたのか、人懐っこく笑っていた口角が残念そうにしゅんと下がった。

「僕のこと、忘れちゃったかな？」

男がサングラスを外す。暁は「えっ」と声をあげた。

「もしかして、真人さん？」

おそるおそる口にする。

「そうだよ、一年ぶりだね」

真人は暁の肩をポンと叩いた。去年、アメリカに行った時に通訳をしてもらったダニエル・真人・オースティンだ。髪型が変わり、サングラスをかけていたのでわからなかった。

「どうして日本に？」

真人はふふっと笑った。

「おじいちゃんが日本にいるから、遊びに来たんだ。僕、十二歳まで日本に住んでたんだよ。君のことを見てきてくれって、ディックにも頼まれたし」

「ディック？」

首を傾げる暁に、真人は「あぁ、ごめん」と頭を掻いた。

「日本人には馴染みがなかったね。ディックはリチャードの愛称なんだ」

リチャード・カーライル。金色の髪と薄青の瞳をしたアメリカ人。母親の恋人。思い出すだけで胸がふんわりと温かくなる。

「君がこんなに大きくなったって知ったら、ディックは跳び上がって驚くだろうな。ますますお母さんに似てきたね」

ここ一年で、十二センチも背が伸びた。それでもクラスの中で身長順に並んだら、前の方になる。

「ディックは僕の顔を見るたびに言うからね。アキラはあれで十五歳だったんだよ、信じられるかい。女の子みたいに小さくて、細くて……ちゃんとご飯を食べてるんだろうかってね」

今でも自分のことを覚えていて、話をしてくれているんだと思うと嬉しくなる。養子の話を断った時に手紙を書いたが、返事はこなかった。もしかして怒らせてしまったんじゃないかとずっと気になっていた。

真人は「暑いね」と額の汗を拭った。

「話をしたいんだけど、今から時間ある？」

暁もリチャードの話を聞きたくて、一緒に近くのファミレスに入った。

真人はアイスコーヒー、暁はコーラを頼む。真人はサングラスをVになったTシャツの胸許に引っかけて「日本の夏は蒸し暑いね」と息をついた。

「LA《ロサンゼルス》も暑いけど、暑さの種類が違うって感じ」

手の扇でぱたぱたと顔を扇《あお》ぎながら、真人は「君、バカンスはどこへ行ったの？」とサラッと聞いてきた。周囲は誰もバカンスなんて言葉を使わないから、聞いてると背中がムズムズする。

「どこにも行ってない」

真人は悩ましげな表情で、両手を広げてみせた。

「夏休みだよ。友達と遊びに行ったりしないの？　それとも施設の子はバカンスを楽しんじゃいけないって規則でもあるのかい？」

「家に帰れる子は、家族でどこかに行ってるかもしれない。けど俺は帰る家もないし、アルバイトと勉強で忙しいから」

腕組みをした真人は「うーん」と小さく唸った。

「アルバイトって、欲しいものでもあるの？　車とか？」

「車の免許は十八にならないと取れないよ」

真人は「あっ、そうか」と手を叩いた。

「アメリカじゃ十六で大抵免許が取れるから、忘れてた。けど車以外に高額なものっていったら、パソコンとか？」

暁は首を横に振った。

「施設には高校を卒業するまでしかいられない。進学がしたかったら、生活費と学費を高校生の間にアルバイトをして貯めておかないといけないから」

「そんなのディックにおねだりすればいいじゃないか」

サラッと言われ、暁は飲んでいたコーラを噴きそうになった。

「リチャードさんは母さんの恋人だったってだけだから……」

真人は「あぁ」とため息をついた。

「今の君の言葉をディックが聞いたら、きっと嘆き悲しむよ。彼は君に何かしてあげたくてうずうずしてるっていうのに。学費を払うのはもちろん、もし君が欲しいって言ったら、車でも家でもポンと買ってくれるよ」

まさか……と言いかけてやめる。城のように大きかったリチャードの豪邸が脳裏を過ったからだ。

「それにディックは君への援助を、大学を卒業するまで続けるつもりだよ」

頭の中が、フッとクリアになった。

「……援助？」

「そうだよ。もし今の分で足りなくて、君が言いにくいようなら、僕から彼に話をしようか？」

話が見えない。リチャードに援助されているなんて聞いたこともない。諫早はそんなこと一言も言ってなかった。

「ディックにもっとお金を出してもらって、君は学生生活を楽しむといいよ。彼の願いは、君が幸せになることだからね。そうだ、何ならまたアメリカに遊びにおいでよ。ディックは喜んで君の旅費を出してくれるよ」

真人が夏休みの過ごし方を次々に提案してくれても、少しも耳に入ってこない。頭の中には「援助」の二文字がぐるぐる回っていた。

「実はね」と真人はテーブルに身を乗り出してくる。

「君は僕のラッキーボーイなんだ。僕は映画が大好きなんだけど、役者としての才能はなくてね。けどどうしても映画の仕事がしたくて、スタジオでアルバイトをしてたんだ。そしたら日本語ができるってことで、ジョンに君の通訳を頼まれた。それがきっかけでディックと親しくなって、映画会社を紹介してもらったんだ。今はそこで働いている」

だから、と真人は続けた。

「僕は君とディックの手助けをしたいと思ってるんだ」

喉が渇く。自分はリチャードから援助なんてしてもらってない。彼は……嘘をついている。けど本当のことを話してしまったら、真人のリチャードを見る目が変わってしまう。それなら言わない方がいい。

自分の中の温かかった思い出が、熱を失っていく。どうしてリチャードはすぐにばれるような嘘をついたんだろう。可哀想な子供を援助しているんだと、人前で自分をよく見せたかったとか。そんな見栄っ張りな人だったんだろうか。

それから十分ほどして、真人が「実はこの後、人と会う約束をしてるんだ」と言うので、店を出た。外は日差しがきつい。

「じゃあまたね」と別れの挨拶をして踵を返したところで、背中に「あ、ちょっと待って！」と声がかかる。振り返ると、真人はカメラをバッグから取り出した。

「写真、撮ってもいい？」

頷くと、何枚か写真を撮られた。

「それ、どうするの？」

真人は「ディックに頼まれてたんだ。君の写真を撮ってきてくれってね。すっかり忘れてた」とカメラをケースにしまった。

「日本の施設って厳しいんだね。君のことを援助していても、ディックは君に会えないなんてさ。会うには許可が必要で、それが下りるまでに何年もかかるなんて、日本の法律はナンセンスだよ。人身売買があるっていうし、子供を守るためって言われたら仕方がないんだけどね」

……面会に許可が必要なんて、これまで聞いたこともない。虐待をした親が子供に会うのに制限がつくことはあっても、リチャードは自分の親でもないし、まして虐待されたわけでもなかった。またリチャードが嘘をついてるのか？　援助していると嘘をつき、その子供に会わないようにするために嘘を積み重ねているのか？　それにしては写真を撮ってきてほしいと頼むなんて、矛盾してる。

「僕のことを施設の人は知らないから、直接君に会いに行ってもいいかと思ったんだ。けどもしディックと繋がっていると知られてトラブルになると嫌だから、今日も君が建物から離れたところを狙って声をかけたんだよ」

真人は肩を竦めた。

「ルール違反かもしれないけど、君と話をして、ディックに様子を伝えるぐらいは許されるよね」

また会いに来るよ、と手を振って真人は帰っていった。

それから最初に予定していた通り図書館に行った。ノートを広げても、さっきの会話が気になって勉強に集中できない。リチャードは己をよく見せるために嘘をついてる。

それなのに真人に自分の様子を見てきてほしいと頼んだ。真人が自分と話をしたら、援助をしているなんて嘘はすぐにばれると思わなかったんだろうか。つまらない見栄をばらしたくなければ、様子を見てきてほしいなんて頼まなければよかったのに。

人は見かけによらない。一緒に過ごしたのは三日間だけ。とても優しかったし、強く抱きしめてくれた。養子に迎えたいとまで考えてくれたのに、つまらない嘘をつく。援助をしているなんて嘘……嘘を……。

嫌な感情ばかりをひっくり返していて、ふと気づいた。もしかしたら、リチャードの援助というのは、嘘じゃないのかもしれない。施設の子供は、国から一ヶ月分の生活費が決められている。お小遣いもその中から出されて、月に五千円だ。それが毎月銀行口座に振り込まれる。高校三年になると自分で通帳を管理できるようになるけど、それまで各自の通帳に入れてあるお金は全て職員が管理して、自分たちは欲しい時に申請してお金をもらわないといけない。

職員が管理する自分の通帳には援助のお金が積み立てられていて、単に知らされていないだけなのかも。もしそういうことなら「君はリチャード氏から金銭的な援助をされているよ」と諫早は教えてくれてもいいんじゃないだろうか。

仮に援助があるとしたら、諫早がそれを自分に教えてくれない理由は何だろう。毎月、お小遣い以上に援助をされていると知ったら、無駄遣いをすると思ったんだろうか。今までもらってきたお小遣いはちゃんと計画的に使っているのに……。

通帳から子供が勝手にお金を引き出すことはできなくても、職員に言えば通帳を見せてもらえる。それを確かめたら、自分に援助があるのかないのか、リチャードが嘘をついていたのかどうかわかるんじゃないか？

急いで図書館を出た。施設まで帰り、玄関脇を見ると施設の車はなかった。車を運転するのは大抵諫早なので、おそらく出かけている。ちょうどいい。

援助のことを知っていて諫早が黙っているなら、お金が増えている通帳を見せてくれない気がした。それなら他の職員の方が頼みを聞いてくれるかもしれない。

暁が受付の窓硝子越しに中を覗き込むと、奥にいた石本が気づいて「おかえり、暁君。今日は早かったのね」と声をかけてきた。暁が動かないでいると、石本は席を立ち「どうしたの？」と近づいてくる。

「園長先生は？」

「優奈《ゆうな》ちゃんを歯医者に連れていったわ。急に虫歯が痛み出して、大騒ぎになっちゃって」

困っている顔で笑う。石本は広明が死んだ後、げっそりと痩せた。お葬式の後、石本は「私がもっと、あの子の外泊を厳しく叱っていたら……申し訳ありません」と諫早に謝っていた。泣き崩れる石本を「君のせいじゃない。もし責任があるとしたら、それは僕のせいだ」と諫早は慰めていた。

あれから一年。ようやく元気な石本が戻ってきていた。

「通帳、見たいんだけど」

石本は首を傾げた。

「何か欲しいものでもあるの？」

「違う。今どれぐらい貯まってるのかちょっと気になって……」

もっと何か聞かれるかと思っていたら、石本は壁際の引き出しから通帳を取り出して、あっさりと暁の目の前に差し出した。

受け取る指先が少し震えた。緊張しながら通帳を開く。毎月の振り込みは規則正しく、五千円とアルバイト代が入っている。残高は十二万円。去年の夏まで遡っても、リチャードの援助らしき振り込みはない。やっぱり……落胆が全身にじわりと広がっていく。

通帳を返すと「気になるよね」と石本は息をついた。

「暁君、大学に進学したいんでしょう。奨学金をもらえたとしても、生活するのは厳しいものね」

そういうつもりではなかったが、適当に「うん」と返事をしておいた。リチャードに裏切られたと確定しても、それほどショックではない。叔母さんに嘘をつかれた時に比べたら全然大したことない。

受付を出て、台所に行き水を飲んだ。人の気配を感じて振り返ると、石本が立っている。何か話があって後を追いかけてきたのかと思ったら、自分には目もくれずメモを片手に調味料棚を覗き込んでいた。

「……何してるの？」

石本はボールペンの後ろでこめかみを押さえつけた。

「調味料のチェック。昨日やっておこうと思って、すっかり忘れてた。安売りの時に買っておかないと。なくなってからじゃ割高になっちゃうし」

そうなんだ、と呟くと「そうなのよ。節約第一」と石本は笑う。けど暁の目から見て、施設での食事は質素で、贅沢《ぜいたく》をしてきたとは思えなかった。

「節約をしないといけないぐらい大変なのか？」

「最近お米が高いから、少し赤がでちゃって」

赤というのは、赤字のことだろう。呟いた後で、石本は慌てて「あっ、だからって食べるのを我慢することないのよ。言っておかないと暁君は遠慮しそうだから」と付け足した。

「足りないお金はどうするの？」

石本は「子供は気にしなくていいの」と話を終わらせようとした。

「……借金とかしてたりする？」

石本の表情が引き締まり「本当に大丈夫だから」と職員の顔になる。

「国からの援助だけじゃ足りない分は、園長先生が補塡してくれてるの」

諫早が出していると聞いて納得したものの、やっぱり気になる。諫早は贅沢をしていない。視察や慰問の人が来る時はスーツを着ているが、そうでなければ一年中ポロシャツやジャージだ。破れた服を職員に繕ってもらっているのを見たこともある。余裕のある生活をしている風には思えなかった。

「園長先生は大丈夫なの？」

石本は「多分」と目を伏せた。

「私たちは何にお金を使ったか記録するけど、最終的な経理は全部、園長先生に任せてるの。だからどうやってやりくりをしているのか知らないのよ。赤字が続いちゃう時って、バランスを取るのに真っ先に従業員のお給料を減らされちゃうところも多いのに、園長先生はそんなことしないから、その分大変だと思う」

だから、と石本は続けた。

「少しでも負担が増えないように節約、節約ね」

明るく口にした後、「ごめん」と謝ってきた。

「お金の話なんて、聞きたくなかったよね」

「あ、いいよ……」

「暁君は何も気にしないで。施設の経営のことも、お金のことも、考えるのは私たち大人の仕事だから。あなたは自分のことだけ考えていてね」

四年間暮らした施設は自分にとっての家だ。諫早は父親、戸倉は母親。他の子供と親を共有することになっていても、そうだ。

自分を思いやってくれる施設の人を思うと、改めて嘘をつくリチャードに苛立ちが込み上げてきた。あの人は恋人の子供に対して、何の責任もない。放っておいてくれればいいのに、見栄を張るから嫌になる。嫌悪する。

逆に、わかってよかった。もし真人に知らされなければ、リチャードの正体に気づくことはなかった。「養子に欲しい」と言った彼の、一時の気まぐれをずっと信じて慕っていたかもしれない。信じていて裏切られるのは、傷つけられるのは、大好きだった叔母一人で十分だ。

「あのさ」

石本が「なあに」と振り向く。

「ここって、親が虐待してたら子供と面会が制限されることがあるだろ」

少し間をおいて、石本は「ええ」と慎重に頷く。

「虐待以外で、人との面会が制限されることってあるの？」

「ないわよ。あなたたちは施設にいるだけで、普通の子供だもの。門限さえ守ってくれたら、誰と会ったたって自由よ」

やっぱりそうだ。外国人が養子に欲しいと言ったからといって、面会を制限されているなんて嘘だ。

その瞬間、暁の中でリチャードは叔母と同じ箱に入った。身を守るために、見栄を張るために嘘をつく大人。心の中でカチャリと鍵をかける。もうこの箱の蓋は開かない。

自分の部屋に戻ると、窓を閉めていたせいなのか空気がムッとするような熱気を帯びていた。外で遊んでいる子供の声が聞こえてくる。窓を開けると、庭の隅で幼稚園児が三人、ビニールプールで水遊びをしていた。いつの間に帰ってきたんだろう、諫早も膝まくりしてプールの中に入っている。幼稚園児の一人に歓声をあげながら抱きつかれ、諫早は後ろ向きに転んだ。派手な水しぶきがあがり、子供たちが歓喜する。戸倉が「園長先生、何やってるのよ」と笑う。

のどかな光景から視線を逸らし、ベッドに寝そべった。人間って何なんだろう。どうして大人は嘘をつく？　優しくしてくれても、裏切る？　裏切るのに、どうして優しくするんだろう。苦い記憶がひたひたとよみがえる。叔母さんを信じていた。叔母さんの中で一番にはなれなくても、二番目か三番目ぐらいには愛されていると思っていた。けど嘘をつかれ、捨て置かれた。

ふと、嘘ばかりついていた広明のことを思い出した。子供も嘘をつく。じゃあ大人になっても、そこは同じなんだろうか。妙なところで納得してしまった。

……もう二度と真人は自分に会いに来ない。そこだけは確信した。

風がビュルッと耳許で渦巻いた。ブワッと首筋に鳥肌がたち、暁は背中を丸め俯いた。十一月に入ったし、Tシャツの上にシャツを羽織っただけでは寒くて震えがくる。出かける前から寒いのはわかっていたけど、上着はない。ここ一年で随分と背が伸びて体が大きくなり、去年の上着は着られなくなったので、中学生の子にあげてしまった。

留学費用を貯めるため、夏休みを過ぎてから平日の新聞配達に加えて、土日はスーパーで倉庫整理のアルバイトをはじめた。今日はスーパーのバイトが早く終わったので、帰りの景色が普段よりも少しだけ明るい。

寒さに追い立てられて、自然と足が速くなる。近くの公園を通り抜けようとして、いつになく騒がしいのが気になり、足を止めた。『青空フリーマーケット』と書かれた手書きの立て看板が目に入る。

確かこのフリマには施設も参加しているはずだ。売り上げは遊興費になるということで、子供たちも協力している。とはいえ自分たちはもとから持ち物が多くないのでろくなものは集まらず、フリマの売り物は結局、職員が家から持ってきた不用品が大半になった。

フリマで施設の誰かと顔を合わせたら気まずいけど、それを避けるために遠回りするのも不自然だから、いつも通り公園を横切った。捜したわけでもなかったのに、施設のブースはすぐにわかった。入口から正面のいい位置にあったたし、海斗が店番をしていたからだ。品物が広げられたレジャーシートの上に一人、海斗は膝を抱えてぽつんと座り、辺りをきょろきょろと見回している。周囲に大人の姿は見えない。

海斗は暁の姿を見つけると、立ち上がって大きく手招きしてきた。

「暁、交替なの？」

嬉しそうな顔で聞いてくる。

「……違う。お前は一人で店番なのか？」

途端、海斗はしゅんとした顔で俯いた。高校生の亮也《りょうや》と二人で店番をしていたのに、亮也はトイレに行くと言ったまま三十分以上戻ってきていないらしい。……職員の監視がないのをいいことに、逃げ出したのだ。

小学生の海斗に金の計算をさせるのは心配だったので、亮也か職員が戻ってくるまではと、暁はフリマのブースに入った。集まった不用品を子供たちで選別していた時に「こんなの売れるもんか」とみんなで笑っていたキャラクターの置物や古い本がぽつぽつ買われていく。

帽子を被った小学生ぐらいの子が一人、スペースに近づいてくる。海斗と同じぐらいかなと思って隣を見ると、体育座りのままで小さな背中を丸め、下を向いていた。

「あれっ、米倉?」

帽子の子に声をかけられて、海斗は渋々といった表情で顔を上げた。

「こんなトコで何してんの?」

海斗は小さな声で「店番」と答える。

「そっかー。お前、大変そうだもんなぁ。何か買ってやるよ」

その子が漫画本を手に取ると、海斗は「買うな!」と声を荒らげた。驚いたのか帽子の子はビクッと震える。

「何だよ」

「別に、買わなくていいし」

そっけない海斗の態度に、帽子の子は口をムッと横に引き結び、走り去っていった。

施設がお金に困っているのは事実だ。ただフリマは、普通の人がお小遣い稼ぎに出るのと動機は変わらない。同情されたくなかった海斗の気持ちは、よくわかる。

「俺がいるし、お前はもう帰っていいぞ」

海斗はブンブンと首を横に振った。

「……隆仁《たかひと》がいるから嫌だ」

施設で、同い歳の海斗と隆仁はとても仲がよかったが、海斗が九州の祖母に引き取られると決まってから、隆仁の虐めがはじまった。隆仁は生まれてすぐに捨てられて、親がわからない。施設では、虐待や経済的な理由から入る子が多く、親がわからない子は隆仁を入れて二人だけだ。

いつも一緒にいただけに、隆仁には寂しさと、肉親と暮らす海斗への妬みがあるのかもしれない。こういう場合の対処は難しい。感情をコントロールしろというのは、幼い子には無理だ。時間が解決するのを待つほかない。職員が小学生の海斗をフリマに連れてきたのも、隆仁と物理的に距離を取らせようとした可能性もある。

「しあわせになるって、大変だね」

海斗はやけに大人びた表情で呟いた。

「園長先生がね、僕に言ったんだ。しあわせになるって、大変だねって」

諫早がどんな顔、どういう口調で海斗にそう言ったのか想像できる。

「大変でもいいんじゃないか。幸せになるなら」

「わっかんないよ」

海斗の口調は突き放したみたいにそっけない。

「おばあちゃん、よく知らないし。また叩かれるかも」

暁は海斗の祖母を見たことがない。面会をした職員が「優しそうな田舎のおばあちゃん」と話していたのをチラッと耳にしたぐらいだ。

「お前が行儀よくしてたら、大丈夫だろ」

「そうなの？」

海斗が丸い目で暁の顔を見上げてくる。

「田舎の人はのんびりしてるからな。叩いたりしないんじゃないか」

不安が少しでも和らげばと口から出任せだったが、海斗は「へえ」と感心したように暁を見た。

「そっか。田舎の人は叩かないんだ」

口許をほころばせ、海斗はニヤッと笑った。他愛のない話をしているうちに、ジャージ姿の戸倉が「あれっ、あれっ」と声をあげ、小太りの体を左右に揺らしながら戻ってきた。

「どうして暁がいるの。亮也は？」

トイレを口実に脱走したらしいと密告する。戸倉は「もうあいつ！　帰ったらとっちめてやる！」と右手を振り上げた。

「留守番をさせて悪かったわね、暁。もう帰っていいわよ」

暁がスペースを出ようとすると、七十代ぐらいの女性がスーッと近づいてきた。女性客はＬＡと背中にロゴがついたブルゾンを手に取り「これ、孫にどうかしら？」と戸倉に聞き、その視線が隣にいる自分を捕獲した。

「そこのあなた」

女性客はまっすぐに暁を指した。

「ちょうど孫と同じぐらいの背格好だわ。ちょっとこれを着てみてくれない？」

女性客にブルゾンを手渡される。戸倉にも「暁、着てみてあげて」と即席のマネキンになることを要求された。命じられるがままブルゾンに袖を通すと、女性客から「あっち向いて」「こっち向いて」と追加の注文が飛んでくる。最終的に「この色合いは派手かしらねえ。普段から黒とか茶色とか陰気な色しか着ない子だから。やっぱりいいわ」と未使用のタオルだけを買っていった。マネキンの役目も終わり、暁がブルゾンを脱ごうとすると「暁、その服似合ってるわね」と戸倉が言ってきた。

「派手だ」

暁は赤いリブ編みの袖口を摘む。

「確かに派手なんだけど、その色だと顔がパッと明るく見えるわよ。背が伸びたから、今年は上着を買わないといけないんじゃないの？　それを持って帰りなさいよ」

思いがけない申し出に、驚いた。

「けど、売れるかもしれないし……」

「四時半までだから、もうすぐフリマも終わるわ。それって今日になってから園長先生が『これも売ってほしい』って持ってきたやつで、園の他の子は見てないしね」

戸倉は紙袋を取り出して、暁に差し出した。

「これに入れて帰りなさい。売れ残ったから、店番してたあんたにあげたって園長先生には言っとくわ。そのかわり他の子には内緒よ。海斗も黙っててね」

命じられた海斗は、神妙な顔でコックリと頷いた。ブルゾンは派手で気に入らないが、お金をかけずに上着が手に入ったのはありがたかった。そして自分には関心がないと思っていた戸倉が、上着がないことを気にしてくれていたというのも意外だった。見てないようで、見ているのかもしれない。

あまり目をかけてはもらえないし大雑把だけど、戸倉も悪い人ではない。

「海斗、あんたも暁と一緒に帰りなさい。片づけは他の職員が来てくれるし」

二人そろって解放され、公園を出る。俯き加減に歩いていた海斗に「暁」と服の裾を引っ張られた。

「晩ご飯まで、暁の部屋にいていい？」

「いいよ」と言ってやると、海斗は小さな口をすぼめてフッと息をついた。隆仁と顔を合わせたくないんだろう。小学生なのに、人間関係が大変だよなと気の毒になる。

「暁、服がもらえてよかったね」

海斗は隣を飛び跳ねるようにして歩く。

「まあな」

「暁は優しいから、いいことがあるんだよ」

足を止めると、海斗も立ち止まった。

「どうしてお前は俺を優しいなんて思うんだ？」

だって、と海斗は背を伸ばして暁を見上げた。

「誰も虐めないいし、悪口も言わないから。園長先生は、暁みたいないい子になりなさいって言うよ」

諫早は自分を模範的な子供だと認めているということだ。そうなりたいと思っていたから、少し嬉しい。

「僕もね、我慢していい子にしてたから、おばあちゃんのところに行けると思うんだ。暁も優しくていい子だから、広明が死んだんだよ」

言葉が、冷たい風のように首筋を撫で上げた。

「人が死ぬのは、そういうこととは関係ない。いい人だって死ぬ時は死ぬ」

海斗は「えーっ」と声をあげた。

「いい人にはいいことがないと、不公平だよ」

カーッと甲高い鳴き声に、顔を上げた。夕暮れの空を、黒い鳥が飛んでいく。烏《からす》が数羽、行き過ぎた後に、それとは違った飛び方をする黒い塊があった。あれは……。

「こうもりだ！」

海斗はダッと駆け出し、自然と暁も早足になる。蝙蝠は飛ぶのが速くて、屋根の重なりをくぐり抜けるとすぐに見えなくなった。もしかしたら、あいつは自分が世話をしていた蝙蝠かもしれない。長生きの蝙蝠は二十年ぐらいは生きて……。

「暁のこうもりは、死んじゃったね」

海斗が振り返った。哀れみの視線に、どうして蝙蝠のことを知っているんだろうと思いつつ、暁は苦笑いした。

「死んでない。逃げただけだ」

「僕、猫が嚙みついてるのを見たよ。死んじゃったから園長先生が『かわいそうにね』って庭に埋めたんだ」

指先が、スウッと冷たくなる。

「嘘をつくな」

声が震えた。

「嘘じゃないもん。園長先生が、これは暁のこうもりで、死んだってわかったら悲しむから黙ってなさいって僕に言ったんだ」

その瞬間、周囲の物音が消えた。暁は額を押さえた。あの時、アメリカから帰ってきた時、諫早は何て言った？　飛んだと……飛んで逃げたと……。

揺さぶられる感触で我に返る。海斗が服の裾を摑んで泣きそうな顔をしていた。

「ごめんなさい。やっぱり喋っちゃいけなかったんだね」

「いや……いい」

乱暴にならないように海斗を引き離し、暁はゆっくりと歩き出した。死んだ蝙蝠。諫早の嘘。……いや、もしかしたら嘘をついているのは海斗の方かもしれない。

海斗が嘘をついているとしても、そんなことをしていったい何になる？　だが海斗でなければ、諫早が嘘をついたことになる。諫早が自分を裏切るはずがない。じゃあやっぱり海斗が嘘をついたのか。いっそここで海斗を問いただそうか。けど……。

「海斗」

呼ぶと、俯き加減の頭が勢いよく上を向いた。

「……園長先生がどこに蝙蝠を埋めたか覚えてるか？」

「銀杏《いちょう》の木の下」

一瞬も躊躇うことなく、小さな唇はそう動いた。

諫早はいなかった。車がないから、出かけているんだろう。一度は部屋に戻ったものの、じっとしていられなくて庭に出た。後ろから海斗もついてくる。

黄色の落ち葉が敷き詰められた銀杏の根元を、暁はじっと見つめた。

「あそこだよ」

海斗が指さす。暁はしゃがみこみ、葉をかき分けて指し示された場所を木の枝でゆっくりと掘り返した。先端がガツッと何か硬いものにあたり、ドキリとする。取り出すと小石で、ホッとすると同時に投げ捨てた。

骨なんてないじゃないか。そう思いながら更に土をかき分けていると、枝がクッと引っかかった。今度は白くて硬い。掘り返していくうちに、細い木ぎれのようなものが固まって出てきた。小さな動物の骨……にも見える。

「こうもり、骨になっちゃったのかな」

浅い穴を覗き込んで、海斗が呟く。その呟きごと埋め込むように、暁は骨らしきものの上に土を戻した。

「海斗～」

入口に近い庭から、石本がこちらを見ている。

「ちょっとこっちに来て」

暁が「行け」と命じると、海斗は石本に向かってタタッと駆け寄っていった。掘り返された土の上に木の枝を置いて、玄関の脇にある散水用の水道で手を洗った。

水を止めてから、暁は施設の門を出た。歩いて、歩いて、あの川の近くの廃工場までやってくる。いつも蝙蝠を隠していた部屋に足を踏み入れた。もう鳴き声は聞こえてこない。ここは蝙蝠がいなくなってからずっと静かだ。

外はすっかり日が暮れて、辺りは暗い。門限までに帰らないと怒られる。わかっていても戻る気になれなくて、その場に座り込んだ。

あれは蝙蝠じゃなくて、ネズミか子猫の死骸だ。ネズミは施設の中にいるし、死んだのを見つけた子供が埋めたとしてもおかしくない。たとえば海斗とか……。

……わかっている。自分はあの骨を蝙蝠だと認めたくない。認めてしまったら、諫早が自分に嘘をついたという証拠になってしまう。

おかしいと思っていた。全然飛べなかったのに、自分がいなくなった途端に飛べるようになるなんて変だと。それでも諫早の言葉を信じた。嘘をついているなんて、自分が諫早に嘘をつかれるなんて想像したこともなかった。

どうして嘘をついたんだろう。ちゃんと世話をすると言ったのに、死なせてしまったから？　己の落ち度を、子供に怒られるから？　……たとえそうだったとしても、正直に「目を離した隙に、猫に噛まれて死んだんだ」と伝えてほしかった。

自分は怒ったかもしれない。世話を頼んだんだから、もっとちゃんと見ていてほしいと思っただろう。それでも……嘘はつかれたくなかった。

細い針を突き刺されたように心臓がズキズキする。瞼がジンと熱くなって、頬をつっと涙が伝った。後から後から溢れて、俯くとコンクリートの隙間から生えてきていた草の上にボタボタ落ちた。

人は嘘をつく。それは知ってる。広明なんて息をするように嘘をついたし、あんなに優しかった叔母さんも嘘をついた。自分だって嘘をつく。海斗に、田舎の人は叩かないと嘘をついたがそれは海斗のためだ。自分のためじゃない。

確かに事実を知らなければ、蝙蝠は今もどこかで生きているんだと思って楽だったかもしれない。けど辛くてもいいから、自分は事実が知りたかった。

記憶をゆっくりと手繰り寄せる。去年の夏、窓が開いて、蟬が鳴いていて……広明の骨がまだ部屋の片隅にあった。骨独特の臭いまで鼻腔によみがえってくる。諫早はその言葉を疑いそうになる表情も、ぎこちないそぶりも見せなかった。いつも通りの表情で、嘘をついた。

背筋に寒気が走り、上半身がブルッと震えた。叔母さんは嘘をつく時、子供を見なかった。己の嘘がわかっているから、責める甥っ子の目を見なかった。諫早は違う。嘘を嘘だと感じさせない顔で、騙す子供の顔をまっすぐに見た。あれだけ平然と嘘をつかれたら、わからない。気づかない。

諫早は優しい。他の子供にも優しいけど、自分は少しだけ目をかけられていると思っていた。勉強のできる、みんなの手本になるいい子だと認められているに違いないと。

それも実際はそう思わせる演技だったのかもしれない。

自分に優しく笑いかける顔の裏で、こいつは無愛想だ、融通がきかない、面倒くさいと思っていたのかもしれない。

人の心なんてわからない。わからないけど、諫早は自分から見えている部分と、そうでない部分の違いはない人だと思っていた。

……怖い。諫早が怖い。

日が暮れて、辺りは真っ暗になった。静けさと暗闇が緞帳《どんちょう》みたいに覆い被さってくる。嫌だ、嫌だ、嫌だ。裏切られたくない。埃っぽいコンクリートの上で、暁は背中を丸め蹲った。人に、諫早に、信じているものに絶望させられたくない。

諫早は、死んだと知ったら暁が悲しむからと海斗に話していた。確かにそう思ったのかもしれないが、己に向けられる非難を誤魔化すやり方は狡《ずる》い。そういうのは正しくない。謝ってほしい。自分に謝ってほしい。そしたら許すことができる。そうでないと、諫早を許せない……もう誰も信じられなくなる。

自分を苦しめるのは諫早。けれど救うのも、諫早のはずだった。

施設に戻ったのは、自動販売機の明かりがやたらと眩《まぶ》しくなってから。受付にいた石本が自分を見つけ「暁君！」と小窓から顔を出した。

「暁が帰ってきたの？」

　諫早の声が聞こえて、体が震える。俯くと、受付の傍までやってきたのか「遅かったね」と、近くで声が聞こえた。

「もう七時半だよ。どうして門限までに帰ってこなかったの？　アルバイトもとっくに終わってるよね？」

　いつも通りで、怒った風でもない。返事をせずにいると、諫早は「ふうっ」と、聞き分けの悪い子供に呆《あき》れる時のため息をついた。

「園長室においで」

　足音が遠ざかっていく。動けないでいたら「暁君、早く」と石本が背中に手を添えた。

「理由を話せば、園長先生もわかってくれるから」

　諫早に謝ってもらいたい。でも顔を合わせたくない。自分で自分がよくわからない。矛盾したままの重たい足で園長室へ向かう。何も言わずにドアを開けると、諫早は壁際に立っていた。窓が大きく開いていて、吹き込んでくる冷たい風にカーテンがひらひらと揺れている。……窓の向こうには、何も見えない。吸い込まれそうに暗い夜だ。

「寒いかな？」

返事をしなかったのに、諒早は窓を閉めた。

「今日はどうして帰ってくるのが遅くなったんだい？」

怒ってはいない声。暁は顔を上げて、真正面から諒早の顔を見た。いつものポロシャツに、少し癖のついた髪。優しい目。……嘘をつく顔には見えない。

暁の視線に気づいたのか、諒早の口許が笑うようにほぐれた。

「そういえば戸倉さんに聞いたよ。亮也のかわりにフリマを手伝ってくれたんだって？ありがとう」

人懐っこく目を細める。

「それは嬉しいんだけど、門限は守らないとね。僕はみんなに『暁みたいになるんだよ』っていつも言ってるんだ。お手本の君が門限を守ってくれないと、僕も次から子供たちに何て言えばいいのか困ってしまうよ」

蝙蝠のことを知る以前なら、その言葉は諒早に「いい子」だと思われているという自尊心をくすぐり、素直に「ごめんなさい」という言葉を自分から引き出したんだろう。今は「どういう意味」でそういう言い方をしてるんだろうと、裏側を考える。

自分が「いい子」であれば、他の子供の手本になって扱いやすいから？　だから敢《あ》えて自分を「いい子」に仕立てあげているだけじゃないのか。暁は小さく頭を振った。人を疑いたくない。こんな気持ちになりたくない。

諫早の表情が変わり、笑みを浮かべた顔が、不意に引き締まった。

「何かあったのかい？」

聞けばいいんだろうか。「俺の蝙蝠、本当は死んだんだろう。猫に嚙み殺されたのを、ずっと隠してたんだよな」と……。諫早が肯定したらどうしよう。君のためを考えて、悲しがると思って本当のことを話さなかったんだと言われたら……それはそれでいいんじゃないだろうか。ちゃんと謝ってさえくれるなら。

逆に否定されたら？　そんなことはないよと言われたら？　自分は諫早と海斗のどちらを信じればいいんだろう。

喉許まで言葉はきていても、口にすることができない。何も言えない間に時間が過ぎていく。最後、無言の暁に根負けしたのか諫早はため息をついた。

「話したくないなら仕方ない」

その言い方が、突き放したように聞こえて胸がギリッと痛くなった。

「だが門限は守ってほしい。ここで暮らす以上、ルールはルールだからね」

唐突に何もかも話してしまいたい衝動に駆られた。蝙蝠が死んだのは、猫に殺されたからだと聞いたから、だから……。

「君は頑張り屋のいい子だ。僕をがっかりさせないでほしいな」

目頭が熱くなってくる。今にも泣き出しそうな自分を、必死でこらえた。諫早に失望された。いい子であろうとコツコツ積み重ねてきたものが、崩れていく。

「もう行っていいよ」

足が動かない。自分はどうしたい？　ちゃんと言えばいい。帰れなかった理由はあるんだと。自分はどんな気持ちでいたのか、正直に話せばいい。そしたら……。

「行っていいんだよ」

その瞬間、葛藤しながら、それでも開こうとした扉は、ぱたりと閉じた。冷たい言葉に背中を蹴られ、前かがみのまま暁は園長室を出た。

「あぁ、暁君」

廊下で石本に声をかけられた。周囲を見渡した後、石本は暁の耳許で声を潜めた。

「……晩ご飯、まだでしょ。冷蔵庫の中にお弁当にして置いてあるから、食べて」

嬉しかったけど、首を横に振った。

「いらないの？」

あり……がと。小さな声で礼だけ言って、部屋に戻った。二段ベッドの上に登り、シーツに突っ伏す。

自分が悪い。門限を守れなかったのが悪い。諫早は規則を守れなかった子供をいつものように叱っただけだ。けど、けど、けど……。

結局、何もわかってない。自分は諫早に聞けなかった。蝙蝠のことを聞けなかった。

確かめるのが怖かった。嫌われたくない。諫早にだけは嫌われたくない。

四年間も傍にいた。気に入られている、優しくされているという優越感が傍にあった。頭の中が、ミキサーで掻き回されるみたいにぐるぐるする。どこへも自分の気持ちの着地点を見つけられない。もし……と考えた。もし諫早が嘘をついているとしたら、それは蝙蝠のことだけだろうか。他にも何か嘘をついているんじゃないだろうか。

暁は諫早という男がわからなくなってきていた。


十二月、真人が会いに来た。高校の門の前に、目が覚めるような黄色のダウンジャケットを着た男が立っていて、目立つなと思っていたら自分に駆け寄ってきた。

「やっと出てきた！　三十分も待っちゃったよ」

真人はニッと笑う。

「電話で連絡が取れないっていうのは、本当に不便だね。高校がわからないから、通学する君の後をつけたりして、まるでストーカーになった気分だったよ」

肩をひょいと竦めた真人は、首を傾げて暁の顔を覗き込んだ。

「んっ？　いきなり来ちゃったから驚いた？」

嘘をつくリチャード。だから真人にも、二度と会うことはないだろうと思っていたとは言えない。

「……うん」

肯定して言葉を濁す。真人は目を細め「ハハッ」と声をたてて笑った。

「君のいる施設の人に見つかるわけにはいかないからさ。僕は忍者のように気をつけていないといけない」

おどけた表情で胸を張る。滑稽な仕草に、暁も自然と笑いが漏れた。

「ところで明日なんだけどさ、昼にちょっと出てこられる？」

明日は土曜日。いつもならスーパーのアルバイトがある日だけど、設備工事があるので臨時休業になっている。少し間をおいてから「どうして？」と聞いた。

「驚かないでくれよ」

真人はもったいぶるようにそう前置きした。

「実はね、ディックが日本に来てるんだ」

暁は小さく息を呑《の》んだ。

「日本公開に合わせて、新作映画のプロモーションで来日してるんだ。休暇を兼ねてるから時間もあるそうだよ。彼に会ってあげてくれないかな」

返事を躊躇っていたら、真人は「わかるよ」と大きく頷いた。

「施設の決まりじゃ、会うことはタブーなんだよね。けどそんなに長い時間じゃないし、君をさらおうってわけでもない。……駄目かな？　っていうか君に会いたくて、ディックはジョンにごり押しして無理に日本行きのプロモーションをスケジュールにねじ込んだらしいよ」

……アメリカで過ごした三日間、リチャードはとても親切だった。でも嘘つきだ。人には二面性がある。叔母さんのように、諫早のように。

門限を破ったあの日から、諫早の顔をまともに見てない。前は自分を見てほしくて、かまってほしくてたまらなかったのに、今はその視界に入りたくない。諫早は自分を怒ってからも、普段通りだった。ただこっちが露骨に避けるから、そのうちあまり声をかけてこなくなった。先月だったか戸倉に「園長先生が『最近、暁が僕と話をしてくれないんだ。思春期の子は難しいね』って愚痴ってたわよ」とチクリと言われた。

どう思われようと諫早を避けることはやめられない。相手の視界にいないことに安心するからだ。見られなければ、その目に自分は審判を下されることはない。

「忙しいならさ、ちょっとでもいいんだよ」

諫早のことがあるから、リチャードにも会いたくない。優しいと思っていた人に、もう裏切られたくない。日本に来るなんて、リチャードはおかしい。会えば、援助をしていないという嘘がばれてしまうのに。何を考えているのかわからない。

「一分でもいいんだよ」

返事がないから、真人が食い下がってくる。この人は知らない。リチャードに騙されていると知らない。何も知らずにお願いしてくる。

「その……」

暁は切り出した。

「もう随分会ってないから……」

「大丈夫だよ。それに僕も通訳でいるから、二人きりじゃないし。じゃあいいね」

強引に押し切られる形で会う約束をした。そう長々と話をするわけじゃない。二人きりでもないし、少しの間だと自分に言い聞かせても、寝る前になるとやっぱり悶々とした。

顔を合わせた時、援助もしてないのに、さも援助をしている風にみんなの前で言われたらどうしよう。本当のことを言えば、リチャードだけでなく真人も落胆するかもしれない。なにをどう感じようと、それがリチャードの本当の姿だけど……考えているうちに眠れなくなって結局、一睡もできなかった。

その日は、窓から見える銀杏の枝がしなるほど強い風が吹いていた。昼を過ぎてから、暁はブルゾンを着て外へ出た。

待ち合わせは、空を仰いでもてっぺんが見えない……そびえる、という言葉がぴったりの都心にある大きなホテルだった。

入口には外国の軍隊のような制服と帽子姿の男が立っていた。人形みたいにピンと背筋を伸ばした立ち姿は近寄りがたくて、声をかけられない。周囲をうろうろしていると、向こうの方から近づいてきて「何か御用ですか？」と優しく聞いてくれた。ロビーで待ち合わせだと伝えたら「こちらにどうぞ」と子供でも丁寧に案内してくれる。

ホテルのロビーは、市民会館の小ホールぐらい広かった。天井は高く、中央の大きな円卓には壺《つぼ》が置かれ、たくさんの花が卒業式の時みたいに華やかに飾られている。

日本のホテルなのに、アメリカにいるみたいに外国人が多い。男の人はスーツを着て、女の人も綺麗なワンピースの上に、丈の長いコートを着ている。自分のようにジーンズにブルゾンの子供は一人もいない。

「アキラ！」

周囲の人が振り返るぐらい、その声は大きかった。淡い金色の髪、薄青の瞳。駆け寄ってきたリチャードは、両手を大きく広げ、瞳を潤ませながら暁を思いっきり抱きしめてきた。

【おい、ディック。日本にはハグする習慣はないって言っただろ！】

あたふたと後を追いかけてきたジョンの怒っている声が、リチャードの肩越しに聞こえる。

【ああ、そうだった】ここ一年、猛勉強した成果があり、英語が聴き取れる。

リチャードは慌てて離れたけれど、それでも名残惜しそうにチクチクする頬をすり寄せてきた。そして再び「Oh!」と周囲に響き渡る大声をあげて両手を広げた。

【ジョン、見てくれ！　アキラは僕がプレゼントしたブルゾンを着てくれているよ！】

言葉を理解した瞬間、頬がピクリと引き攣った。プレゼントしたブルゾン……って何だ？　リチャードはニコニコしながら、大きな手で暁の肩をポンポンと叩いた。

【君がどういうファッションが好きかわからなかったんだけど、男の子ならバスケットボールは嫌いじゃないだろうと思ってね。そのブルゾンはチームが優勝した時のプレミア物なんだ。僕の想像していた通り、君にとてもよく似合っているよ】

まくしたてるこの人は、どこかおかしい。これはフリーマーケットに出されていたものだ。リチャードは何も関係ない。どうしてこんな、すぐにわかる嘘をつくんだろう。ジョンに【暁は英語がわからないんだよ】と呆れたように声をかけられ、リチャードは【そうだった！】と背筋を伸ばした。

「アキラ　こんにちは」

英語ばかり飛び出していた唇から、たどたどしい日本語が絞り出されて驚いた。

「わたし　きみに　あえて　チョーうれしい」

返事ができずにいると、ジョンが腰に手をあて【おいおいディック、プライベートレッスンを受けてるって聞いたけど、君の日本語はちっともアキラに通じないじゃないか】と苦笑いした。リチャードの白い顔が、うっすらと赤くなる。

【勉強はしてるよ。けど日本語はカチカチしてて喋りづらいし、聴き取りづらいんだ。リリーは英語でしか喋らなかったから……】

【しかしなあ】

ジョンは薄くなった髪を軽く掻いた。

【真人が来ないと、アキラと話もできないってのは困ったな】

リチャードも【うーん】と小さく唸る。

【十五分ほど遅刻するらしいよ。日本の電車は時計みたいに正確なんだけど、事故があったんだってさ。電車から降りられなくてタクシーにも乗れないそうだ。こんなことなら、取材の時にいた通訳に残っておいてもらえばよかったな】

ザワザワと周囲の空気が騒がしくなってくる。二人とも大きな声だから目立つのかと思ったけど、違う。客らしき人たちは、リチャードを見てはひそひそと話をしている。そのうちの一人、若くて綺麗な女の人が近づいてきて【こんにちは。もしかしてリチャード・カーライルさんですか】と英語で話しかけてきた。リチャードが頷くと、女の人は【ずっとファンだったんです】と顔を赤らめ、サインを求めた。リチャードは快くそれに応じ、別れ際に女の人と握手をした。

【どうもここにいると面倒そうだな。部屋に行かないか】

ジョンが声を潜め、リチャードは「へや　Go　する？」と暁に話しかけてきた。

【おいおい、Go は英語だろ。君の日本語は本当に酷いものだな】

ジョンがこりゃ駄目だと言わんばかりに首を横に振る。

【少し間違っただけじゃないか】

言い争う二人に、暁は声をかけた。

【僕は、少しだけ英語を話すことができます】

リチャードは「Oh!」と声をあげて振り返った。薄青の瞳がキラキラしている。

【勉強をしています。でも聴き取れない言葉もあります】

【凄いじゃないか、アキラ】

リチャードは両手を広げた。

【綺麗な発音だよ！　もしかして僕と話をするために英語を習ってくれたのかい】

ジョンが背後からリチャードの頭を乱暴にポンと叩いた。

【何でも自分の都合のいいように解釈するんじゃない。アキラだって困った顔をしてるじゃないか。日本人は学校の授業で英語を勉強するんだよ。ただ英文は読めても、話すのは苦手な人が多いって真人が教えてくれただろ】

英語が通じるならばと、早々に移動した。リチャードが泊まっているその部屋は、施設の子供が全員、布団を敷いて寝られそうなほど広い。南側の大きな窓からは日差しがさんさんと差し込み、遠くに海が見えた。

勧められて座ったソファもふんわりと柔らかく、腰が半分沈み込む。

【また君に会えて本当に嬉しいよ、アキラ】

ソファの向かい側で、リチャードはニコニコしている。

【生活をする上で、何か困っていることは？　欲しいものはないかい？】

ここで何を言っても、きっと叶えられることはない。だから【大丈夫です】と返事をした。

【真人に聞いたよ。君はアルバイトをしているんだって？　もしいま援助している分で足りなければ、遠慮なく言ってほしい】

足りるも足りないも、自分のもとには何も届いてない。この人はいつまで「恋人の子供に援助を続ける、優しい男」という仮面を、周囲の人間の前で被り続けていくんだろう。もう嘘はばれているというのに……嘘に気づいている自分が、何も感じないと思っているんだろうか。

嘘ばかり繰り返す唇。怒りの前に哀れみに似た感情が込み上げてきた。この人は可哀想な人だ。そしてもう二度と会うこともないだろうし、会わない。会いたくない。それなら少しぐらい、この茶番に付き合ってやってもいい気がした。

【真人に聞いてはいたけど、君はとても背が伸びたね。やっぱりリリーによく似ている

よ】

リチャードがしみじみと呟く。横に座っているジョンも、そうだと言わんばかりに頷いている。

【アキラ、君はチョコが好き?】

唐突に聞かれる。特別好きでもなければ、嫌いでもないので頷く。するとリチャードは部屋の隅に行き、大きなスーツケースを開いた。

【君におみやげがあるんだ】

そう言って、両手に何か抱えてきた。テーブルの上に置かれた、山積みの菓子や服。呆気にとられる暁の前で、リチャードはまずお菓子の箱を手に取った。

【これはハワイのおみやげ。美味しいらしいよ。あとこの服はアメリカのティーンにすごく人気があるブランドなんだ。ジェイソン・ブルーラって知ってる?】

聞いたこともない。首を横に振る。

【今、すごく人気の俳優なんだ。君より二つ年上で、男の子のファッションリーダー的な存在になっている。この服はジェイソンのスタイリストに選んでもらったんだ。これからきっと日本で流行るよ。間違いない】

それだけじゃない。靴や鞄、帽子が次々に披露される。ジョンは【おいおい、あのスーツケースの中身は全部、暁へのおみやげだったんじゃないだろうね】と呆れ顔だ。まるでフリーマーケットのようにテーブルの上におみやげを並べた後、リチャードは【ああ、大切なものを忘れてた】と箱を取り出した。

【中を見てみて】

促されて蓋を開ける。中身はＤＶＤだった。……三十枚近くある。

【これは君のお母さんが出演した映画のＤＶＤだよ。日本語版が出ているやつは、真人に買ってきてもらった。古くてビデオしかないものもＤＶＤに焼き直したんだ。年代が書いてあるから、若いお母さんから知りたかったら、古い映画から見ていけばいい。あとプライベートフィルムもあるものは全部ＤＶＤにしてある】

むせかえる花の匂いと、人形のような母親が脳裏によみがえる。

【俺はね】

ジョンがリチャードの隣から身を乗り出した。

【もっと早く送ってやれって言ったんだ。きっとアキラが欲しがっているのはこれだからって。けどこいつは「アキラに最高に綺麗なリリーを見せるんだ」って言って、古いビデオの画像修正をやったんだ。それでこんなに遅くなっちゃったんだよ】

【……ありがとう】

綺麗な薄青の瞳が揺れたと思ったら、涙がつっとこぼれ落ちた。

【これぐらい当然だよ。僕は君のママを最後まで独り占めにした。時間が巻き戻せるなら、彼女が日本に帰りたいと言った時に、嫌だって言うばかりじゃなくて、ちゃんとその理由を聞き出して強引にでも結婚して、君を日本から呼び寄せて一緒に暮らせばよかった。そうするべきだった。全て僕の弱い心が招いたことだ】

震える心に「待て」とブレーキをかける。この人は嘘をつく。役者だから、きっと反省している振りもできる……。

部屋の呼び鈴が鳴った。真人がやってくる。【すみません、遅れちゃって】と小さく頭を下げた真人は、暁に気づくと「やっ」と右手を挙げた。

暁が英会話ができるようになっていると知ると、真人は驚いていた。それから四人で他愛のない話をして一時間ほど経った頃、ジョンがおもむろに【ディック、そろそろ時間だよ】と時計を見た。休暇なのに、これから映画関係者との打ち合わせが入っているとのことだった。

【僕はアキラともっと一緒にいたいよ。サボっちゃ駄目かな】

リチャードが駄々をこね、ジョンは【子供みたいな我が儘を言うんじゃない】とまるで父親のように叱った。

【日本に来る時間をつくるために、ネズミの入る隙間もないスケジュールをどうやってやりくりしたと思ってるんだ】

【けど、一年半ぶりに会えたんだよ】

結局、自分がいるとリチャードがいつまでも愚図ってしまうので、帰ることにした。電車で帰れると言ったのに【荷物が多いだろう】とジョンがタクシーを手配してしまった。真人も同じ方向に用があるとかで、一緒に乗り込んだ。

別れ際、リチャードは【また会いに来るよ】と涙ぐみ、タクシーが通りに出るまで見送ってくれた。

後部座席で揺られながら、暁はリチャードの演技について考えた。本当に喜んでいるように見えたし、悲しんでもいるようだった。けどもう自分は誰にも騙されない。

「君さ、そのブルゾン似合っているね」

真人が褒めてくれる。自分の趣味じゃないし、赤なんて派手な色は嫌だけど、人にはよく褒めてもらえる。

「ありがとう」

礼を言うと、真人はククッと笑った。

「LACの決勝戦、僕はディックに招待してもらって一緒に見たんだ。すごくエキサイティングで感動的な試合でさ、最後は思わず立ち上がって泣いちゃってね。そのブルゾンはプレミア物で、なかなか手に入らないんだ。ディックが『絶対にアキラにあげたい』って言ってたけど、本当に買ってたんだね」

暁はゆっくりと真人に振り向いた。

「これはリチャードが買ったの？」

「そうだよ」

「おかしい」

思わず口をついて出た。

「どうしておかしいの？」

暁はブルゾンの袖口を摑んだ。だってこれはフリーマーケットの最後の方まで売れ残っていて、自分に冬の上着がないからと、戸倉がこっそりくれたものだ。本当は自分の持ち物になるはずじゃなかった。自分の……。

指先がぴくっと震えた。この上着をフリーマーケットに出したのは誰だ？　戸倉は、諫早が持ってきたと言っていなかったか。

嫌だ。考えたくない。考えたくないのに、考えてしまう。もしこれが本当にリチャードの買ったブルゾンだとしたら、どうして諫早が持っていたんだろう。リチャードの言う援助が本当に行われているとしたら、そのお金は、どこに行っているんだろう。

暁は手で口許を押さえた。胃がムカムカする……。

「大丈夫かい？　顔が青いよ」

気持ちが悪くて、額から汗が出てくる。真人がタクシーを路肩に止め、それと同時に外へ飛び出した暁は側溝に吐いた。真人も慌てて降りてきて、背中をさすってくれる。

胃の中が空になったのか、吐きそうになっても何も出てこなくなった。

もう車に乗りたくなくて、タクシーから荷物を下ろしてもらう。ここからだったら、歩いて帰れない距離じゃない。真人は「施設の近くまで送っていくよ」と言ってくれたが断った。早く一人になりたかった。

「……真人さんにお願いがある」

「何だい？」

首を傾げながら真人は暁の顔を覗き込んだ。

「リチャードさんに、俺への援助をやめるように伝えてほしい」

真人は驚いた表情で瞬《まばた》きする。

「どうして？」

「……必要ない」

「ディックに気を遣ってるのかい？　もし君がディックのためを思うなら、にっこり笑顔で援助を受けて、たまに『これが欲しい』って我が儘を言うのが一番だよ」

「けど……」

指先が震えた。

「ディックは君に何かしてあげようって考えるのが、嬉しくてたまらないらしいよ。ジョンが話してたけど、リリーが亡くなってから、ディックは何もできなくなっていたそうなんだ。ずっと棺の傍にいて、お墓にだって入れさせたがらなかった。けど君が来てから彼は変わったって。彼女の忘れ形見の君を支えたいっていう気持ちが、彼を立ち直らせたんだ」

その善意は、本人に届いてない。送ったというプレゼントも、自分の手に届くどころか、フリーマーケットに……。

「援助してもらいなよ。使わないなら貯めておいて、大学の進学資金にすれば？　君はディックをアメリカに単身赴任してるパパぐらいに考えておけばいいよ」

……結局、援助は絶対にやめてほしいと、強く言えなかった。真人と別れた後、暁はおみやげを抱えて廃工場に向かった。

埃臭い部屋、戸棚の中にもらった服や帽子、鞄を隠す。こんなに沢山持って帰ったら、誰からだと詮索される。上手い言い訳を思いつけない。どうして、どうして自分はこんなことをしているんだろうと考えていたら、足が滑った。そのまま後ろ向きに転び、手にしていたＤＶＤを辺りにばら撒《ま》いた。

夕焼けの中に、埃が舞い上がる。背中が痛い、頭が痛い。起き上がり、散らばったＤＶＤをかき集めているうちに、手が止まる。ＤＶＤを全部、表に返す。そこには全て異なった母親の顔がプリントされていた。どれも笑った顔の母親だ。散らばったＤＶＤの間に、一枚の紙切れが落ちている。拾い上げると、歪んだ日本語で『君のそばにいつも最高に美しいママを』と書かれてあった。

　リチャードからのメッセージに違いなかった。日本語を勉強しているくせに、ろくに話せてなかった。書くのはもっと大変だったんじゃないだろうか。メモの上にぽたっと涙がこぼれて、字が滲んだ。悲しいわけじゃない。かといって嬉しいとも違う。自分で自分の気持ちがわからない。

　優しくされたい。気にかけてもらいたい。けど優しくされたくない。放っておいてほしい。一人は寂しい。でも優しいのは怖い。嬉しくて怖い。

　座り込んだままぼんやりと、夕日でオレンジ色の窓を見つめる。リチャードから自分への援助、そのお金を持っているのは諫早……なんだろう。お金がきていることを言わないで、送られてきたプレゼントも渡してくれない。諫早はそれをどうしてるんだろう。ブルゾンの前を掻き合わせた。……少なくとも、プレゼントを大切に取っておいてくれているとは思えなかった。

　諫早は新しい服を着てない。眼鏡も折れた蔓《つる》の部分をしばらくセロハンテープでくっつけていて、この前ようやく買い換えていた。贅沢はしてない。

　石本の言葉を思い出す。施設の運営が苦しくて、足りない分のお金は諫早が出していると。自分のお金はそこに使われているんだろうか。施設のためなら、諫早が自分のことに使ってないなら、いいんじゃないだろうか。間接的にはなっても、自分のために使われているとも言えなくもない。

けど親のある子が親からもらうお小遣いは、他人が立ち入れない部分だ。リチャードの援助は、自分へのお小遣いと同じ。援助を知らせてくれないということは、これは「盗み」になるのか？　いくら運営費に回されていたとしても。

どうすればいい？　誰かに言えばいいのか。じゃあ誰に？　学校の先生？　それとも施設の職員？　石本なら言いやすいけど、こんな話を信じてくれるだろうか。

警察、という言葉が浮かぶ。仮に諫早を訴えたとして、そのせいで施設が続けられなくなったら、生活している子供はどうなるんだろう。バラバラになって他の施設へ移されるかもしれない。慣れた施設を出されるのはみんな嫌だろうし、職員と離れるのは悲しい。それに職員だって仕事をなくしてしまうことになるかもしれない。誰にも迷惑はかけたくない。悲しい思いをさせたくない。リチャードのお金がなくても、自分は施設にいれば生きていける。自分さえ我慢していたら今まで通りだ。何も変わらない。

平気で嘘をつく、狡い諫早。子供が好きで優しい、そんな諫早の笑顔が、今までと違って安い玩具みたいに感じる。人は人を裏切る。何年一緒に暮らしていても、優しくても裏切る。自分の知っている大人は、みんなそうだ。

じゃあリチャードも同じなんだろうか。自分のことをとても気にして、優しくて、嬉しい言葉をくれても、そのうち裏切るんだろうか。それなら頼りたくない。裏切られるのも、嘘をつかれるのも嫌だ。失望するぐらいなら、最初から期待なんてしない方がいい。

暁はぐっと両手を握り締めた。早く大人になりたい。一分でも一秒でも早く大人になりたい。自分が子供だから、他に居場所がないから、人を頼りにしてしまう。もし誰にも頼らず一人で生きていくことができたら、こんな思いはしなくていい。悔しいとも寂しいとも、悲しいとも思わなくていい。

行儀よくして、勉強もして、職員の言うことはよく聞いて、人を傷つける嘘はつかなかった。諫早や職員に期待されるお手本の子供でいようとした。けど見習うはずの大人が嘘をつく。それじゃあ誰も信用なんてできない。自分の心の中は、怖くて誰にも見せられない。

白い花。沢山の花。母親はお人形みたいに綺麗だった。あの人は父親と離婚してアメリカに行き、死んだ。死んでいるから、もう何も言えない。だからどれだけ愛しても、あの美しい人は永遠に自分を裏切ることはない。

まるで明かりを落とすように、辺りがフッと暗くなった。しばらくすると、ザーッという雨音に周囲は包まれる。もう帰らないといけない。帰りたくない。門限を破ったら、園長室に呼びつけられる。嘘つきと向かい合う……その場面を想像しただけで、胸の中が真っ黒に塗り潰されていく。

……ゆっくりと歩いて帰った。髪もブルゾンも濡れ、首筋から雨粒が入り込んできて体が震える。最初のうちは酷く寒かったのに、全身が濡れてしまうと感覚が鈍くなって、何も感じなくなった。中三の夏、母親に会いに行かなければ、リチャードのことも知らず、援助もなく、諫早が自分を理解していると思い込んだまま、施設を出ていけたんだろう。

母親の顔を知らなくても、リチャードに出会えなくても、そっちの方が自分の心は平和だったのかもしれない。けど時間を巻き戻すことなんてできない。

……施設の門が見えてくる。足が止まる。自分がこれから向き合わないといけないものの前で、しばらく立ちつくした。

もう、いい。踵を返して、来た道を引き返した。寂しくても一人がいい。誰にも裏切られない一人がいい。廃工場に戻ると、沈黙が待っていた。雨音だけの、沈黙。凍るように寒い。濡れた服を脱ぎ捨てて、裸のまま埃の臭いのするタオルの中に潜り込む。そうすると寒さが少しだけましになった。濡れた髪が冷たい。寒い……寒いと思いながら、暁はいつの間にか眠ってしまっていた。

目を覚ますと周囲はぼんやりと明るかった。がらんとした空間、いつもの二段ベッドから見える景色と違っていて、どうしてだろうと考えているうちに、施設に帰らなかったことを思い出した。

起き上がろうとするけど、力が入らない。だるい。剝き出しの肌が外気に触れ、勝手に体が震えた。慌ててタオルの中に潜り込む。震えが止まらなくて歯がガチガチ音をたてる。吐く息も熱っぽい。額に手をあてると、燃えるように熱かった。

昨日、雨に濡れたのがいけなかったのかもしれない。どうすることもできないので、タオルの中で丸まってじっとしているうちに、うとうと眠り込んでいた。

次に目を覚ましたのは、辺りが薄暗くなってから。びっしょり汗をかいた上に、酷く喉が渇いていた。戸棚に近づき、リチャードがくれたおみやげを引っ張り出す。下着以外の服は全てそろっていたから、あるだけ重ね着した。

窓辺に近づいた。サッシを開けると、雨はザアザアと降り続いている。左右の手の側面を合わせ、軽く丸めて外へと突き出す。手のひらのくぼみに水がたまる。それを何度も何度も繰り返して、水を飲んだ。

雨が次第に弱まってきて、風が冷たくなったなと思っていたら、手のひらに塵が飛んできた。塵は手のひらでスッと解ける。暁は手を引っ込めて、降り出した雪を見つめた。遠くで車の排気音が聞こえる。ここは川の傍の廃工場なのに、見たこともない世界の果てにいるようだ。

また一段と寒くなる。リチャードからもらったおみやげのチョコレートを手に、タオルの中に入った。味はよくわからない。お腹は少しだけ満たされた。寝ても眠りはまるで温《ぬる》い泥のようで、うとうとしているとすぐに引きずり込まれる。寝ても、寝ても、まだいくらでも寝られる。夢も見なかった。喉が渇いて目を覚まし、つもっている雪を掬《すく》って口の中で解かした。

次の日、雪がやんだので、暁は工場の外に出た。半乾きのブルゾンを着るかどうか迷って、着ない方が寒かったから羽織った。

川岸まで降りていく。水かさが増した川面《かわも》は、薄めたコーヒー色をしていた。これをそのまま飲んだら、お腹を壊すかもしれない。水飲み場のある公園は遠い。ここまで来るにも息切れしたのに、そこまで歩けるだろうか。

しゃがみこんでいると「ねえ」と声が聞こえた。遠かったから、それが自分に向けられた言葉だと思わなかった。

「……ねえったら」

近くで聞こえる。振り返ると、茶色い熊が立っていた。

「何してるの？」

茶色い毛の上に、顔が載っている。長い髪、赤い唇、熱帯魚みたいにカラフルな瞼。どこかで見た。あぁ、日傘の……男の人だ。

「……みず」

男が頭を傾けた。

「水を、飲もうと……」

不自然に細い眉が、何を言ってるんだと言わんばかりに顰《しか》められた。

「川の水を？　犬じゃあるまいし」

そうだ。自分は犬じゃない。けど廃工場で寝泊まりするなんて野良犬と一緒だなって思うと、おかしくなってきた。

「なに笑ってんのよ」

公園に行こう。歩いて十五分ぐらいかかるけど。暁はゆっくりと立ち上がった。その瞬間、世界が揺れた。灰色の空と、背中の冷たい衝撃。野太い悲鳴。

冷たい水は、沈んでいく時も薄いコーヒー色に見えた。


目の前はピンクだった。柔らかいシーツ、掛け布団、枕も全てピンク色。壁紙はピンクと白の縞《しま》模様に、アクセントとして薔薇《ばら》柄が入っている。天井からはハート形のオブジェがつり下がり、揺れるたびにキラキラ光る。ここはどこだろう。玩具箱みたいな場所で、落ち着かない。……起き上がろうとしたら、肩と背中が鈍く軋《きし》んで「うっ」と呻いた。

「あら、目が覚めた？」

男が近づいてくる。角刈りで、上半身は裸。穿《は》いているボクサーパンツは部屋と同化したピンク色だ。

「川に落っこった時は、死んじゃうんじゃないかと思ってびっくりしたわ。一応、ターナに診てもらったけど、熱以外は気になるトコもないし風邪じゃないかって。あぁ、ターナっていうのはあたしの友達。イカれたダメ男に貢いでばかりのクソ医者だけど、腕は悪くないわよ。水飲む？」

頷くと、ペットボトルが差し出された。カラカラに渇いていた喉に、温い水が染みこむ。あっという間に飲み干した。

「もう一本いく？」

聞かれて、首を横に振った。男は「そう」と呟き、暁の額に触れた。

「熱はまだちょっとあるかしら。何か食べる？」

「いらない」

喋ると、パラフィン紙を突っ込まれたみたいに喉がガサガサして痛い。

男はがっちりした体をしている。どこからどう見ても男なのに女言葉で、仕草も女の人のようにしんなりしている。

「あんた未成年でしょ。いくつなの？」

顔を背ける。男は「あのねぇ」とため息を吐き出した。

「何か言ってくれないと困るのよ。名前も住所もわからなかったから、とりあえずうちに連れてきたけど、このままだと未成年略取とか言われてあたしが警察に逮捕されちゃうの」

迷惑がかかるのか。そうか。じゃあどこか別の場所に行かないといけない。ベッドから降りようとしたが足に力が入らず、その場にヘタヘタと座り込んだ。男が慌てて体を支えてくる。

「急にどうしたのよ。おしっこ？」

「……帰る」

「一人じゃ帰れないわよ。家の場所を教えてくれたら、送っていってあげるから」

家……家……家は、施設になるんだろうか。あそこには帰りたくない。じゃあ廃工場まで送ってもらおうか。あそこでずっと暮らしていけるだろうか。学校はどうする？自分は何もできない。どこにも行く場所がない。

「帰りたくない」

男はしばらく黙っていた。その後で「とりあえず布団の中に入んなさい。熱がぶり返すわよ」と暁の肩を撫でた。

男はイングリットという名前で、四十二歳だった。厚い化粧に顔が覆われている間は年齢不詳だが、素顔になると聞いた歳ぐらいに見える。別居中の妻と子がいて、子供の歳は自分と同じだった。変わった男で、朝から苺《いちご》のケーキをむしゃむしゃと食べる。……施設では基本、クリスマスと誕生日のお祝いをする夜にしかケーキは食べない。

「三十五の時にね、無理をするのをやめたの。自分の心に正直に生きようと思って」

ピンク色の爪についた生クリームを舐める。男は家の中で汗をかくぐらい暖房を効かせて、ピンクのパンツ一枚で過ごす。

どこを見てもピンク色の大洪水なので、現実の世界にいる気がしない。その中で唯一、異彩を放っているのが茶色のコートだ。

「巻き毛ちゃんを水の中から引き上げる時に濡れちゃったのよ。クリーニングに出した方がいいのはわかってるんだけど、高いのよねえ」

男はベッドの上、暁の隣に腰掛けて煙草を吸った。口につけるたびに、先端が赤くなる。煙草の匂いが諫早を彷彿《ほうふつ》させて嫌だ。でも人の家なので吸わないでほしいと言えない。

「本当言うとあたし、ミンクのコートが欲しかったの。けどミンクは高かったのよね。これの倍ぐらいしたから、涙を呑んで諦めたわ。やっぱりあの時、一回死んだつもりで買えばよかった」

吸いかけの煙草を灰皿に押しつけ「こんな話、つまんない?」と首を傾げる。

「何か喋ってよ」

「つまらない……こともない」

男は口に手をあて笑った。

「何それ。政治家の答弁みたい」

ひとしきり笑った後、男はため息をついた。

「あたし、喋るの苦手な方じゃないんだけど、あんたぐらいの歳の子とどんな話をすればいいのかわかんないのよねぇ。そうだ、テレビはどんなの見てる?」

「見ない」

「じゃあ、好きな芸能人とかいないの?」

「いない」

男はフンッと鼻を鳴らし、腰に手をあてた。

「じゃあ、巻き毛ちゃんは何で抜いてるの?」

「……抜く?」

「オナニーよ。どうしてるの？」

耳たぶがカッと熱くなる。するとひんやりした手で耳を摑まれた。

「かーわいい」

顔を俯けても「本当に、どうしてるのよ」と突っ込んで聞かれる。

「……朝とか、勝手に出てる」

急に静かになったなと思ったら、男はベッドに蹲り、肩を震わせていた。笑っているのだ。恥ずかしくて、全身が燃えるように熱くなる。

「ごめんなさい。あんまりウブいから可愛くって」

頭を撫でられる。こういう話は、誰ともしたことがない。男の職員とも、諫早とも。

年上の子が喋っているのを横で聞くぐらいで……。

「ねぇ、巻き毛ちゃんは好きな女の子とかいないの？」

男は髪の先を摘んでくる。

「いない」

「初恋の子ぐらいいるでしょ」

「誰も好きじゃない」

「寂しい子ねえ」

ぽつんと呟かれた言葉に、不意打ちを食らう。胸が痛む。痛みが去っても引っ搔かれた後のような、嫌な感じが残る。

「巻き毛ちゃんは、家に帰りたくないの？」

聞かれたくないこと。目を伏せた。

「こういうナリでもほら、あたしも人の親でしょ。子供が何日も家を空けるのって、家族が心配すると思うの」

家族なんていないない。

「友達の親ってことにして、家に送っていってあげようか。ちゃんとしたスーツも持ってるから、普通の男の振りもできるわよ。そしたら怒られないんじゃないかしら？」

首を横に振る。

「どうして帰りたくないの？　親と喧嘩でもした？」

暁は男から距離を取って、ピンク色のシーツの中に潜り込んだ。

「ねぇ」

はみ出した足をつんつんと突《つつ》かれる。

「巻き毛ちゃんは可愛いわよ。二十を過ぎてたら、いくらでもうちにいてくれてかまわないんだけど、未成年じゃねえ」

足をシーツの中に引っ込める。

「……今年、二十歳《はたち》になった」

「嘘おっしゃい。その肌の張りはどう見たって十五、六でしょ」

すぐにばれた。黙り込むと、男もしばらく静かになった。

「巻き毛ちゃんは、いったい何をどうしたいの？」

ピンク色の中で、考える。

「……アメリカに行きたい」

「アメリカ？」

男は驚いた口調で繰り返した。

「留学したい。アルバイトをして、お金を貯めて……」

「もしかして、親御さんに留学を反対されてるの？」

「親は両方ともいない。死んだ。だから自分でお金を貯めないと……」

シーツがバッと捲《めく》られた。間近に男の顔がある。

「それならあたしがお金、貸してあげるわよ」

暁は首を横に振った。

「いい」

「あげるんじゃないわ。貸すの。いつか返してくれたらいいから」

「嫌だ」

「アメリカに行きたいんでしょ？」

どうして申し出を断るのかわからないといった顔で、男は首を傾げている。

「……返せないかもしれないから」

男はフフッと、女の人みたいに笑った。

「返すのは何年かかってもかまわないわよ」

「死ぬかもしれない」

男は「誰が死ぬの？　あたしが？」と肩を竦めた。黙っていると「もしかして巻き毛ちゃんが？」と笑われた。

「巻き毛ちゃんが死ぬわけないでしょ。あたしなんかあんたの倍以上は生きてるわよ」

「子供だって、死ぬ時は死ぬ」

実感のないまま死んでいった広明の姿が脳裏を過る。

「可能性がないとは言わないけど、子供は大人より長生きよ。ねぇ、留学ってすごくお金がかかるんじゃないの。高校生のアルバイトでどうにかなるものなの？」

貯金は足りない。全然足りてない……。新聞配達のバイトも無断で休んだ。

「子供が粋がったって、どうしようもないことってあるのよ。ここは素直に大人の言うことを聞いておくのね」

太い指が優しく頬を撫でても、暁は頑なに首を横に振った。

朝に下がっていた熱は、昼を過ぎるとまた少しずつ上がりはじめた。夕方、男は一時間かけて念入りに化粧をしてスカートを穿き、ベッド周りに飲み物やパンを山盛りにしてから「仕事に行ってくるわ」と出かけていった。

熱が出ていると、人はいくらでも眠れる。水を飲み、少し食べて横になると同時に意識がなくなっていた。玄関のドアが開く音で目が覚める。周囲はもう真っ暗だ。

「姉さぁん、ちょっと聞いて〜」

部屋のドアが大きく開く。廊下から差し込む明かりが凶暴で、目が痛い。

「何、もう寝てるの？　年寄りじゃないんだからさあ」

パッと周囲が明るくなる。部屋に入ってきたのは、派手な女の人だ。金色の髪に、濃い化粧。黒いコートの下に紫色のキラキラ光るワンピースを着ている。

金髪の女の人は一瞬目を大きく開くと、ベッドに近づいてきた。無遠慮に暁の顔を眺め回し「ちょー可愛いー」と両手を組み合わせて奇声をあげた。

「姉さんったらぁ〜こんなに可愛いつばめちゃんを隠しとくなんて、どういうこと！」

指が頬に触れる。……ムワッと香水の匂いがした。

「あたしなんてぇ、ずっと男砂漠なのにぃ。もう信じらんなーい。こうしてやるぅ」

いきなり飛びかかられ、酒臭い息が近づいてきたと思ったら、唇に生暖かいものが触れた。訳がわからない。突き放そうとしても力が入らない。人の重みが全身にのしかかってくる。

「ちょっと由起奈《ゆきな》！　何してんのよっ！」

頭に響く金切り声。自分の上からフッと重みが消え、金髪の女の人が部屋の隅にブッ飛んでいくのが見えた。

「ごめんね、ごめんね、巻き毛ちゃん。大丈夫？」

男が泣きそうな顔で跪《ひざまず》く。唇に残る生暖かい感触を、暁は指先で拭った。

「……うん……」

「あの子、あたしの同居人なの。変なことしちゃってごめんなさいね」

金髪の女の人は大きく股を開き、黒いパンツをのぞかせたまま「変なことって何よう！　ちょっとキスしただけじゃない」と怒りながら右手を挙げた。

「この子は預かりものなの。手を出さないでよっ」

由起奈と呼ばれた女の人は「何よ、もうっ」と唇を尖がらせて部屋を出ていった。その後を男が追いかけていき、三十分ほどすると由起奈を連れて戻ってきた。

「あたしぃ、ちょっと酔っぱらっちゃっててぇ。ごめーん」

灰色のスウェットの上下、金髪のウイッグを外して化粧を落とした由起奈は丸坊主で、さっきとはまるで別人。女言葉でも、もう女性には見えなかった。

「酔っぱらうとキス魔になるだけで、悪い子じゃないのよ」

男は由起奈の坊主頭をグリグリと撫でてから「あたし、お茶を入れてくるわね」と部屋を出ていった。その後ろ姿を横目でちらっと確かめてから、由起奈は暁に近づいてきた。ベッドの頭側にぺたんと座り込む。

「ねえ、あんたっていくつ？」

ピンク色のシーツの上、魔女みたいな紫色の爪が怖い。

「十六」

由起奈は「ふーん」と鼻を鳴らした。

「あたしは二十六。けどまだ二十歳ぐらいにしか見えないでしょ」

歳などわからない。そうとも違うとも言わないでいたら「少しぐらい持ち上げてよっ」と由起奈は唇を尖らせた。

「姉さんから聞いたわよ。家出したんでしょ。あたしも家を出たのは十六の時だったわ。家で同級生の男の子とやっているのがばれて、父親に『蛆虫《うじむし》』って殴られて家を追い出されたの。もうサイアク。それからずっと実家には帰ってないわ」

サイアク、と繰り返しつつ由起奈は笑顔だ。

「……家出して、一人で生きていける？」

由起奈は両手を組み合わせた。

「まあ、何とかなるわよ。十代って貴重だから、こっちの言い値で買ってくれることが多いしね。初めてだって嘘ついて一回十万とかふっかけたら、本当に払った奴もいたわ。二十三、四までは十代って言い張ってたんだけど、流石にもう無理ね」

話の雰囲気で、売春していたんだろうなというのは察しがついた。男でもそういう風なことをしてお金を稼ぐ人がいるのは、知っている。

「女の人の服を着て、そういうことをするの？」

「どっちかというと、男のままの方が売れやすいかなぁ」

別の施設で、女の子が小遣い欲しさにそういう問題をおこしたという話は聞いたことがある。

「どうやって売るんだ？」

「そういう場所に行けば、勝手に相手が寄ってくるの」

「場所って？」

「ハッテン場みたいなところ。色々あるのよ」

由起奈は「姉さん、一本ちょうだいね」とここにはいない相手に断って、テーブルにあった煙草ケースから一本引き抜き、火をつけた。一口吸って、顔を顰《しか》める。

「いやーん、姉さんの煙草ってきっつーい」

「教えて」

由起奈は煙草の煙のようにゆるく振り返った。

「何を？」

「ハッテン場がどこにあるのか」

「はあっ？」

由起奈の声が鼻から、煙と共にブワッと抜けた。

「あんた、ゲイ……男が好きなの？」

首を横に振る。

「じゃあどうしてハッテン場を教えろなんて言うのよ」

「お金が欲しい」

「あんた、馬鹿？　その歳で稼ぐことを覚えたって、何にもならないわよ。家に帰って真面目に学校へ行けば？」

「俺は金が欲しい」

フーッと煙を吐き出し、由起奈は「やっぱ合わない」と少ししか吸っていない煙草を、ピンクパンサーのイラストが入った灰皿に押しつけた。

「ウリをやったら簡単に稼げると思ってるのかもしんないけど、世の中そんなに甘くないわよ。見た目偏差値ゼロのデブキモオヤジだっているんだから。何日も風呂に入ってない臭っさいチンポとか、あんた銜《くわ》えられんの？　ヤクザや半グレの真珠入れた極太チンポをケツに入れられんの」

「かまわない」

由起奈は「あっきれたー」と肩を竦めた。

「はーい、おまたせ。チャイにしてみたわよ」

男の明るい声と、香辛料の匂い。由起奈が「姉さん、この子って頭いかれてるわよ」と告げ口する。

「頭いかれてんのはあんたでしょ」

男は笑って相手にしない。

「だって、あたしに売春を斡旋《あっせん》しろって言うんだよぉ。お金が欲しいんだって」

テーブルに置かれたトレイが、ガチンと音をたてた。

「巻き毛ちゃん、本当なの！」

頷くと、男は「駄目っ！」と鋭い声で怒鳴った。

「売春なんて絶対に絶対に絶対に駄目。体だけって思うかもしれないけど、ああいうのはちょっとずつ心も切り売りしてってるのよ！」

暁は黙り込む。納得したわけではない。ただ、抗《あらが》うと面倒なことになりそうだった。一回で十万も稼げたら、三回もすればアパートを借りられる。頑張れば、アメリカへの旅費も貯まる。嫌な思いをしても、それは決して無駄にはならない。

「ねえ、わかった？」

繰り返す男に、暁は頭を空っぽにして頷いた。


男のベッドは大きいから、二人でも十分に寝られた。風邪で朦朧《もうろう》としている間もずっと一緒に寝ていたようだけど、気づかなかった。熱は随分と下がってきて、そのせいなのかダラダラとは眠れなくなってきた。

明日には多分、もっとよくなっている。そしたらここを出ていこう。インターネットが使える場所に行けば、由起奈の言っていたハッテン場も調べられるだろう。

「ねぇ、巻き毛ちゃん」

寝ていると思った男が、話しかけてきた。

「なに？」

「抱っこしてもいい？」

黙っていると、気配がだんだんと近づいてきて背中から抱きしめられた。力が強い。

「こんな風にされたら、気持ち悪い？」

「……背中が温かい」

笑った男の吐息が、首筋にかかる。

「あたしね、家を出てから息子に会ってないの。怖くて会えないのよ。だって家を出る前は、普通のパパだったんだもの。今のあたしを見せたら、驚いてきっと心臓が止まっちゃうわ」

組み合わさった男の指が、暁の腹の上で遊ぶ。

「あたしの息子って、すっごく真面目なんだって。友達がね、息子の通ってる学校の先生をやってて、よくあの子の写真を見せてくれるの。あの子、年々母親に似てきてるのよねぇ。友達はあたしの携帯に息子の写真を送ってあげるって言ってくれるんだけど、断ってるの。すっごく欲しいのに、怖くて駄目。もしあたしが不慮の事故で死んだとするじゃない。で、携帯にあるあの子の写真から身元が割れて、それであの子に父親は女をやってるって知られたらって思うと、夜も眠れないの」

背中が温かくて、暁は次第に眠くなってきた。

「うちの子も巻き毛ちゃんみたいに、あたしのこと嫌わないでいてくれたらいいのになぁ」

……翌朝は、やっぱり平熱に戻っていた。朝ご飯も久しぶりに「お腹が空いた」と思いながら口にした。男は洗濯や掃除をはじめ、「手伝う」と言っても「巻き毛ちゃんは病み上がりでしょう」と何もさせてもらえなかった。することはなくても、邪魔にだけはならないようベッドの上に座って、これからのことをぼんやり考えた。

昼を過ぎてから男は家の鍵を置いて仕事に出かけていった。帰れとは言われなかった。

夕方、廊下で物音がしたので部屋を出ると、青いドレスの上にコートを着た由起奈が、共用キッチンの流し台の前で煙草を吸っていた。

「あんた、まだいたの？」

こちらのことなどどうでもよさそうに吐き捨て、由起奈はもう一口煙草を吸った。

「教えてほしい」

「何を？」

「ハッテン場ってとこ」

由起奈は「マジなの？」と煙草を流しに押しつけた。

「昨日、姉さんに叱られたじゃない。絶対に駄目って」

「関係ないから」

「なによ〜。姉さんに助けてもらっといてその言い方はないでしょ」

黙り込むと、由起奈が近づいてきた。背を屈めて顔を覗き込んでくる。

「姉さんに恩は感じてるんだ？」

見透かす言葉。暁は下唇を嚙んで、由起奈の目を見た。

「これは俺の人生だから」

由起奈はしばらく黙っていた。そして「そうね、あんたの人生だもんね」と肩を竦める。

「あたし今から仕事行くの。ついでに連れてってあげるわ」

午後六時半にアパートを出た。暖房の効いた部屋の中にいたから気づかなかったけれど、外は風が吹いていてとても寒かった。

家と家の建つ間隔が狭くて、ごちゃごちゃしている。電車の線路が近い。どこを見渡しても覚えのない風景だ。

由起奈と一緒にタクシーに乗り、十五分ぐらい走る。橋の手前で降り、五分ほど歩くとビル街の中に入る。その真ん中にある小さな公園で由起奈は足を止めた。入口の横にある『ペットの糞《ふん》は持ち帰り』の立て看板の赤い文字が、外灯の下でやたらと目につく。

「ここの公園にいたら、勝手に男が寄ってくるわ。まあ向こうにもタイプがあるから、声をかけられるまで気長に待ってれば。値段は自分の好きなようにつけるといいわよ」

そう言い残し、由起奈は行ってしまった。暁は二十メートル四方もなさそうな公園をゆっくりと一周してから、ベンチに腰掛けた。風が吹くと寒くて、自然と背中が丸まっていく。

風の音ばかりが大きく響く。気長に待てと言われたものの、公園に人はほとんど入ってこない。やってきても、犬の散歩ばかりだ。

お金が稼げるようになったとして、施設は自分に一人暮らしをさせてくれるだろうか。……いや、認められなくても、出ていく。ああ、けど制服と鞄、教科書は取りに帰りたい。あれこれ面倒なら、夜中にこっそり忍び込んで持ち出す手も、ないことはない。学校……学校……今まで通り通学できるだろうか。もう何日休んでいるのか自分でもわからなくなっている。

「ねえ、君」

すぐ傍に人がいることに気づかなかった。歳は三十ぐらい、スーツの上にダウンジャケットを着た男が自分を見下ろしている。ネクタイがオレンジ色で……派手だ。

「ここで何をしてるの？」

由起奈が話していたような、太っていたり、清潔感がないという雰囲気でもなかった。

「人に声をかけられるのを待ってた」

ダウンジャケットの男は「へぇ」と愛想よく笑った。

「俺が最初？　そりゃラッキーだったな」

ダウンジャケットの口調は軽い。こういう喋り方をする人種に、覚えがある。……嫌な予感がした。

「君ってさ、どこか事務所と契約してたりする？」

「してない」

「芸能界に興味あるよね」

「ない」

首を横に振っているのに「えーっ、スカウトされるのを待ってたんじゃないの」と馴れ馴れしく隣に腰掛けてきた。

「背は低そうだけど、君のルックスならすぐに仕事ができるよ。モデルと俳優、どっちがいい？」

「ちょっと！　そこのあんた!!」

ドスの効いた声に、ダウンジャケットがびくりと体を震わせた。

「うちの子に何してんのよ！」

男が茶色い毛皮のコートを着て、がに股で近づいてくる。ダウンジャケットはバネ仕掛けの人形のように立ち上がった。

「あっ、そのっ……おっ、おっ、お母様ですか」

ダウンジャケットの声は震えている。

「あたしが母親に見えるっていうの！」

「おっ、お父様でしたか。申し訳ありませんっ」

断末魔の鶏みたいに叫び、ダウンジャケットは走り去った。その姿が見えなくなっても、男の顔は怒ったままだ。

「こんなところで何してるの！」

言えるわけがない。貝になって口を噤む。

「由起奈に聞いたわよ。お金が欲しいからって、何考えてるの」

男が苛立った仕草で長い髪を掻き回す。カツラが左に少しずれた。

「お金なら貸してあげるわよ。返すのはいつでもいいって言ってるじゃない。それなのにどうしてこんなことするの。訳わかんないわ!!」

怒鳴り声に、犬を連れた男の人が公園の入口でUターンするのが見えた。

「何とか言いなさいよ！」

ビルに囲まれた公園に、男の声が大きく響く。黙っていたら、また怒鳴られるんだろうか。怒られ続けるのはきつい。……仕方なく口を開いた。

「……信用できない」

男は青魚の色をした瞼を大きく見開いた。その顔が泣きそうに歪み、唇が震える。

「ばっかみたい！」

暁に背を向け、男は利かん気な子供のように両手を振り回した。

「コートを水浸しにして川の中に入ったのよ。三日も面倒見てやって、食べさせて、お金まで貸してやるって言ってるのに、何よその言い方。信じらんないわ」

男が歩き出す。公園を出ると、茶色の後ろ姿はすぐに見えなくなった。静かな、ビルの間を抜ける風の音が戻ってくる。暁はベンチに腰掛け、息をついた。親切で、温かい人だった。わかっていても「信用できない」というのは本音。人は信用できない。……したくない。

風が強くなってくる。膝を抱えたら、カチャリと何か落ちる音がした。ベンチの下を覗き込む。鍵だ。そういえば、部屋の鍵を持って出てきた。返さないといけないが、あのアパートがどこにあるのかわからない。自分の体温で温められていたのか、拾い上げた鍵はほのかに温かかった。

自分は呆れられ、置いていかれた。もうあの部屋に戻ることはない。じゃあこの鍵はどうする？　交番にでも届けたらいいんだろうか。

公園に入ってくる人影があった。茶色い熊の、丸い影。自分の前まで戻ってきた男は、さっき別れた時から少しも変わらない、怒った顔で暁を見下ろした。

「……あんたって変な子なのよ」

突き刺す勢いで、指を差してくる。

「最初だって川の水を飲むとか言ってたし。そうよ。あんたは変な子なの。それに十代の子って頭が悪いの。馬鹿なのよ。猿山の猿よりお馬鹿なの」

不自然に長い睫毛の間から、涙がこぼれた。

「あたしはもういい大人だから。女の格好をしてても、良識はあるのよ。だから猿山の猿が何を言ったって、気にしないことにしたわ」

それなら泣かないでほしいのに、男の涙は止まらない。

「可愛いとか思ってたけど、とんでもないわ。何を考えてるかわかりゃしない。あたしの通帳と判子を持って逃げてくれた方がまだマシだったわ」

人から物を奪うようなことは絶対にしない。……そうだ、暁はポケットの中に手を突っ込み、男に差し出した。

「これ、返す」

手のひらに落とす。男は鍵をぎゅっと握り締めた。

「……これからどうするのよ」

男は握り締めた右手で涙を拭い、鼻を大きく啜《すす》りあげた。

「一人で暮らす」

「どうやって」

その声は、ビル風みたいに冷たく聞こえた。

「お金を稼いで、学校に通う」

「体を売って稼ぐ？　そんなの無理に決まってるでしょ。猿山のお馬鹿ちゃんにはわからないだろうから教えてあげる。それって犯罪なのよ。見つかったらあんたも、あんたを買ったアホな男もケーサツに捕まるの」

「えっ」

女の子じゃないから、大丈夫だろうと思っていた。「犯罪」の二文字に頭の中がぐちゃぐちゃしてくる。捕まる？　未成年だから少年院？　そんなことになったら、アメリカに……行けなくなる。

「悪いことは言わないわ。おとなしく家に帰って、学校に行きなさい」

たとえ歪《いびつ》な形でも選択肢は広がっていたのに、四方からシャッターを下ろされ閉じ込められたような閉塞感に襲われた。絶対に嫌だ。

「帰りたくない」

強く首を横に振る。

「どうしてよ。あんたの世話をしてる人がそんなに嫌なの？　学校にだって行かせてくれてるんでしょ。帰りたくないっていうのは、あんたの我が儘よ」

「そいつは信用できない」

男が、またか……とでも言いたげに眉を顰めた。

「あんたがその人を信用しないから、相手もあんたを信用しないんじゃないの」

「違う」

「違わないわ。あんたが我が儘なだけなの」

この男はわかってない。自分のこれまでを、何も知らない。だから腹が立つ。

「俺は信用してた。だけどあいつは嘘をついたんだ。それも一度だけじゃない」

「嘘ぐらい誰だってつくでしょ」

言葉が出ない。知っている。誰だって嘘をつく。ただ、諫早の嘘は……。

「それぐらい許してあげなさいよ。嘘をつくのはね、弱い人間なの。だからあんたの方が大人になりなさい」

弱い人間？　諫早のどこが弱い人間なんだ？　大人で、家があって、仕事があって、親が育てられない沢山の子供たちの面倒を見ている。何もできない子供の自分よりも、ずっとずっと強い。

「絶対に嫌だっ」

許せない。自分に送られたプレゼントを、何も知らないと思って平気でフリーマーケットに出す、そんな大人は許せない。施設に帰っても、自分は何もなかった振りなんてできない。

男は茶色いコートの腰に両手をあて、仁王立ちした。

「いいこと。あんたよりも二十年は多く生きてる人間から言わせてもらうわ。今はその人のことが嫌で許せないかもしれないけど、そんなの一生続かないのよ」

ドッと胸を突かれた気がした。

「将来、あんたはその人を許すわ。自分のことで忙しくなって、人のことなんてどうでもよくなるの。だからそんなどうでもいい人のために、自分の人生をおかしくする必要なんてないのよ」

自分の人生……自分のこれから……何も見えない。わからない。数時間後の明日のことですら。

「……アメリカに行きたい」

アメリカへ行く。そのことを考えるだけで、自分は救われる。

「行けばいいのよ」

「お金がないから、お金が欲しい」

「あんたはお金以外、何も信用できないの！」

「お金は人じゃない」

そう、お金は人じゃない。だから裏切られない。言い争いが途絶えると、ビル風の音が大きくなった。向こうの道路を、パトカーのサイレンが走り抜けていく。

「……そんなにお金が欲しいなら、あたしがアルバイトをさせたげるわ」

男の声はもう怒っていなかった。

「お金さえ手に入れば、あんたはどんなことでもするんでしょ」

コクリと頷く。

「あんたが貯めたい分だけアルバイトさせたげる。そのかわり家に帰りなさい」

「嫌だっ」

心が、張りつめた弦みたいに反応する。

「あんたの保護者が暴力を振るうのなら問題だけど、一緒にいても死ぬわけじゃないんでしょ」

何も……言い返せない。

「家に帰って、学校に行くの。それであたしのところでバイトなさい。そうしたらお金も貯まるし、アメリカにだって行けるわ。この辺で妥協してちょうだい。全てが自分の思い通りになるなんて、これから先の人生でだって滅多にあることじゃないんだから」

歯を食いしばった。納得できない。納得したくない。でも他にどうすればいいのかわからない。ビル風に紛れて、何か頬にぶつかってきた。冷たい感触。……雪だ。雪が降り出した。

「とりあえず今晩はあたしん家《ち》に帰りましょ」

男に右手を掴まれた。子供のように引っ張って歩かされる。温かいけど、他人の手。ガッチリした指の感触を意識しながら、男の言葉を頭の中で繰り返した。全てが自分の思い通りになるなんて思ったことはない。望みが叶ったことなんて、あっただろうか。

期待はいつも裏切られる。そして期待しない人から……気まぐれに与えられる。帰りのタクシーの中は、暖房が効いていて少しうとうとした。男が隣で「子供って爆弾みたいだわ」と呟いているのが聞こえた。自分のことだろうなと思いつつ、何かもうどうでもよくなってきて無視した。


施設に帰ったのは、廃工場に逃げてから六日目の朝だった。玄関で自分を見つけた石本が「暁君！」と受付から転がり出てきた。

「いったいどこに行ってたの。みんな心配してたのよ」

今にも泣き出しそうな顔を見ていると、六日の間に石本の顔は一度も思い出さなかったのに、胸が痛んだ。

「暁ですって！」

戸倉も駆け寄ってくる。絶対に怒鳴られるなと身構えるも、その顔は怒ってない……怒ってはいなかった。

「無断外泊をして、ごめんなさい」

暁は頭を下げた。

「謝りゃいいってもんじゃないわよ。園長先生も、職員も、施設のみんなもどれだけあんたのことを心配して捜し回ったと思ってんの!!」

スイッチが入ったように、戸倉が怒鳴りつけてきた。

「ごめんなさい」

もう一度、深く頭を下げる。顔を上げると、戸倉は口をモゴモゴさせながら、何か言いたい言葉を我慢している風だった。

「ずっと……休んだから、今日は学校に行きたい」

そう訴えると、引き留められなかった。他の子供が学校に行った時間を狙って帰ってきたので、残っているのは小さい子しかいない。どこに行っていたとか、何をしていたのかと騒がれることもなかった。

制服に着替えて玄関まで行くと、石本が出てきて「今日は帰ってくるわよね」と念を押してきた。

「帰る」

石本は指を組み合わせた両手を何度も握り直した。

「絶対に帰ってきてね。園長先生もすごく心配してたの。今日は会があって早く出かけたんだけど、さっきメールしたらすごくホッとしたって言ってた」

諫早の存在を意識しただけで、胸の内側がスッと冷たくなる。

「行ってきます」

外へ出て、通学路を歩く。いつもと変わらない風景が、やけに新鮮に映る。学校は三日休んだが「お前、何してたんだ」と声をかけてくるクラスメイトはいなかった。

椅子に腰掛け、習慣になったイヤホンを耳に突っ込む。流れてくる英会話を聴きながら、自分がいてもいなくても変わらない教室の中を眺めた。自分はきっと、ビーズの一粒だ。ビーズの粒はもう数えきれないぐらい沢山あるから、一つぐらい落ちてもわからない。だから死んだって何も変わらない。世の中で生きるというのは、そういうことなのかもしれなかった。

学校から帰ってくると、職員室に戸倉の顔が見えた。今まで通り「ただいま」と声をかけたら「おかえり」と後ろから返事があり、ギョッとする。

背後に諫早が立っていた。西日を背に、笑っている。その顔がお面のようで薄気味が悪かった。

「夕食の後に園長室においで」

暁の肩をポンと叩いて、諫早は先に施設の中に入っていった。絶対に来ると確信しているのか、こちらの返事を聞きもしなかった。

部屋に行き、着替えながらどんな話になるんだろうと想像した。帰ってこなかった間、何をしていたか、誰といたのか聞かれるんだろう。

色々と考えすぎて、夕食はあまり喉を通らなかった。隣の子におかずをあげて、部屋に戻る。そうすると諫早の顔を見たくなくなった。何時に来いとも言われなかったから、予習をしてぐずぐずと時間を潰す。でもそれじゃ何も片づかない。

部屋を出て、園長室の前までやってくる。ドアをノックする右手が、少し震えた。

「入っておいで」

部屋の中は石油ストーブが真っ赤で、暖かかった。……窓は開いてない。

「とりあえず座って」

促されて腰掛けたけど、今すぐにでも部屋を出ていきたい、泣きたいような気分になってきた。閉めきった二人だけの空間が息苦しい。

「君が帰ってきてくれてよかったよ。みんなとても心配してた」

諫早と目を合わせないために、膝の上で組んだ自分の指先をじっと見つめた。

「五日の間、君はどこにいたんだい？」

唇にクッと力を入れる。

「友達の家かい？」

返事はしない。

「よそのお宅だと、迷惑にならなかったかなと思って心配だったんだけど」

恥ずかしさに、耳がカッと赤くなった。

「誰かの世話になっていたのなら、僕から一言お礼を言っておいた方がいいと思うんだ」

「……公園にいた」

嘘をつく。

「公園？　あんなに寒かったのに？」

諫早とあの男には接点をつくりたくない。絶対に。

「寒くて死にそうだから、帰ってきた」

重ねる嘘。向かい側からクスッと笑い声が聞こえて、それだけで訳もなく死にたくなった。

「暁、君は何か悩んでいることでもあるの？」

お前のせいだ！　お前が、お前が、お前が……心の中で何度も繰り返す。

「僕にも話せないようなことかな」

昨日、男は言った。嘘をつくのは弱い人間。だから許せと。けどこの状況で、諫早の前でどうやって自分の気持ちを整理すればいいのかわからない。

「僕は急がないよ。もし君が話したくなったら、いつでも声をかけてほしい。僕は君の父親代わりのつもりだからね」

父親代わりなのにお金を盗む。優しい口調が、虚しくなるほど空回って聞こえる。

「無断外泊していた間のことはもういいよ。戸倉さんには『しっかり怒っておいてください』って言われたけど、君はちゃんとわかっている子だと思うから」

　この男は、自分の何を理解しているんだろう。

「それとは別に、話しておきたいことがあったんだ。君は将来をどう考えてるのかな。進学、それとも就職しようと思ってる？」

　俯いたまま「進学」と答えた。

「じゃあ大学に行くってことだね」

　頷くと「まあ、そうだと思ってたけど」とあっさり言われた。

「学校の成績もいいみたいだし。私立は授業料が高いから無理でも、奨学金があれば国公立なら大丈夫だろう。希望する大学はあるの？」

　この人に、自分のことは何も話したくない。知られたくない。

「大学を絞り込めてなかったら、後からでもいいよ。決めたら教えてほしい」

　アメリカに行きたい。留学したい。口にしたら、きっと夢は弾かれる。お金がないから駄目という諫早の現実に。素晴らしいね、夢があっていいね。僕も応援するよなんて絶対に言わないだろう。あぁ、けど……駄目だと言われると最初からわかっているなら、いいんじゃないか。心構えがあれば、傷つかない。この男がどういう反応をするのか、想像ではなく現実に見てみたい。

顔を上げる。視線が合うと、諫早は微笑んだ。銀縁の眼鏡に、七三に分けた髪。最初に会った時からほとんど変わらない。

「俺は、留学がしたい」

優しい目で自分の言葉を待っていた男の表情がほんの一瞬、揺らいだ。変な顔だと思っていたら、それはすぐさま驚きのポーズに覆い隠されて見えなくなった。

「留学ってどこに？」

声が、少しだけ上擦って聞こえる。注意していないと気づかないぐらい僅かに。

「アメリカ」

諫早はスッと視線を逸らし、聞いている相手が絶望するであろうため息をついた。

「それは難しいね」

「どうして？」

「金銭的に無理だよ。渡航費用、向こうでの大学の授業料、生活費、合わせて百万単位で必要になる。僕の時代でもそれぐらいだったからね」

喋っていることはおかしくない。担任も似たようなことを言っていた。

「俺はアルバイトをして、お金を貯めてる」

諫早は「そうだね」と認めた。

「君はとてもよく頑張ってる。けどいくら貯金をしても、大学へ進学するには奨学金を受けないといけない。そのうえ更に留学しようなんて無茶だ」

「じゃあ高校を卒業したらすぐに働く。お金を貯めてから留学する」

諫早は腕組みをし、首を傾げた。

「大学の入学を遅らせるということ？　働きながら外国の大学へ行く勉強ができると思うかい。そもそもアメリカで何の勉強をしようと思っているの？　それは向こうでしか学べないことなのかな」

頷くと「具体的には？」と突っ込んで聞かれた。けどそこは言いたくない。その部分は、何も意見されたくない。沈黙が続く。石油ストーブの上に置かれたやかんから、シュンシュンと忙しなく蒸気が吐き出される。

「もしかして君はカーライル氏に会いに行こうと思ってるんじゃないのかい？」

中三の時にリチャードから養子として引き取りたいという話をされて以降、初めて諫早の口から彼の名前が出てきた。

「もしそう考えているなら、やめた方がいい。実際、君の引き取りを断って以降、彼からは何の連絡もないからね」

こちらを気遣う視線に声色。嘘を嘘だと気づかせないように嘘をつく男に、絶望した。多分、ずっと……こうやって自分は騙されてきたのだ。

「彼はとても親切だけど、お母さんの恋人だったというだけで君とは赤の他人だ。あれから一年半近く経っている。カーライル氏にも新しい恋人ができているかもしれないし、そこに君が訪ねていくのがいいことだとは思えない」

役者は自分に都合よく話をねつ造する。滑稽を通り越して、泣きたくなった。

「もういい」

これ以上、諫早の嘘を聞きたくない。それなのに愚かなる道化は更なる深みに足を踏み入れた。

「いや、ここではっきりさせておこう。君は思いつきで話をする子じゃないから、本気で考えているんじゃないか。お母さんの件でアメリカに行って、向こうが気に入った？興味を持つのはいいことだ。素晴らしいよ。けど自分の置かれている状況をよく考えるんだ。夢を見るのは悪いことじゃないが、それは実現可能かどうか、時には見極めることも必要になる。ずっと辛い思いをしてきて、両親の愛情を十分知らずに育った君に、酷な話だとは思うけど」

……多分、この人は親のいない自分を、可哀想だとは思っていない。それはいい。思えないのは仕方ない。じゃあどうして、優しい振りをするのかわからない。

「リチャードさんの連絡先を教えてください」

きっと教えてはくれない。わかっていても、諫早の反応を知りたかった。

「駄目だよ」

嘘つきは、首を横に振る。

「彼と連絡をとって、どうするつもりだい。アメリカに留学したいから、その費用を負担してほしいとお願いするつもりじゃないだろうね。ひょっとしたら彼は君の要望に応えてくれるかもしれない。君を可哀想な子供だと知っているからね。けど僕は園長としての立場から、教えられない。無関係の彼に負担をかけてしまうことになる」

目の前で、腹話術の人形が喋っている。偽物の言葉をカラカラ回している。人形の心は暗い空洞で、何も見えなかった。

呼び鈴を押しても、反応がなかった。二度鳴らしても返事はないし帰ろうとしたら「もう、誰なのよう。こんな朝っぱらから」と不機嫌な声と共にドアが開いた。

紫色のスリップの上にカーディガン姿の由起奈が瞼を擦る。昨日はメイクをしたまま寝たのか、右側の眉毛が半分消えている。

「何だ、暁か。勝手に入ってくれば」

奥へ引っ込みかけた由起奈に「イングリット、いる?」と聞いた。

「コンビニ。除光液がなくなったんだって。姉さんも朝からマメよねえ」

由起奈は大きな口を開けて欠伸《あくび》をした。

「イングリットが帰ってきたら『ありがとう』って伝えて」

踵を返すと「ちょっと、ちょっと、ちょっと」と由起奈がスリッパのまま外へ飛び出してきた。

「暁、もしかして今日行くの」

頷いたら「少しぐらい待ってなさいよ」とシャツの腕を摑まれた。

「時間がない」

「あんた、姉さんにどれだけ稼がせてもらって、世話になったと思ってるのよ！」

「由起奈もありがとう」

その手を振り切って、逃げるように階段を駆け下りた。振り返ると、アパートの外廊下の柵から身を乗り出した由起奈が「薄情者！」と野太い声で叫んでいた。

アメリカの大学への願書は十一月に出した。そして二月の終わり、学校に合格の通知が届いた。アルバイトで貯めたお金でデポジットを振り込むと、入学許可証が高校に送られてきた。これで秋期からカリフォルニアの葬儀大学へ通うことができる。春から渡米し、大学が始まるまでの間は、向こうの語学学校で英語を学ぶことにしている。

留学の件を、施設の職員には一切相談しなかった。誰かに話せば、すぐさま諫早の耳に入るだろう。色々言われ、邪魔されるのが嫌だから、書類の類《たぐい》は全て学校の方に届くよう手配をしてもらった。生徒を留学させた経験のある教師がいたので、親身になって色々助言をしてくれた。その高校からは自分の他にも五人、海外の大学へ進学する生徒がいた。

　施設で暮らしているので、向こうで生活できるだけのお金があるのかと教師は心配していた。条件付きで援助してくれる人がいると話すと信用されたのか、それからお金のことは言われなかった。

　TOEFLとSATを受け、進学に十分なだけの点数も取り、書類もそろえた。進学の願書を出す際、向こうでの授業料が支払えるかどうかの財政能力証明書だけは準備できなかった。ここは「迷惑はかけないから」と誓約書を作って、イングリットの力を借りた。

　留学準備を進めながらも、どこかでこの話が表沙汰になって、オセロで逆転されるように何もかも駄目になってしまうんじゃないだろうかと不安だったが、それはなかった。三者面談も何度かあったけど、暁は職員に知らせなかった。担任の教師には「職員が忙しい」と言うと、無理強いされなかった。……一度だけ、男の格好をした由起奈に母方の従兄《いとこ》だと偽って来てもらった。身分証を見せて本人確認をされるわけではないから、ばれることはなかった。

　高校や中学を卒業し、進学や就職で施設を出ていく子が、この年は暁も含めて四人いた。特に中学を卒業して就職するはずだった子の働き口が倒産し、新しい就職先を探すのにバタバタして、何も問題がない暁に職員の関心は向けられなかった。

万が一の時のために、国内の大学受験の準備もしていた。留学許可が下りたので実際は受験しなかったが、受験日にちゃんと出かけ、合格発表日に職員に「受かった」と言えば、合格証明書を見せなくても信用された。大学入学や奨学金申請には保証人が必要で、職員に「どうするの？」と聞かれたが、別の職員や諫早に頼んでいると言っておいたら「誰かが引き受けたんだろう」と思われたのか、誰にも聞かれなくなった。

フンフンと聞き覚えのある鼻歌が、道の向かいから聞こえてくる。

「あら、巻き毛ちゃんじゃなーい」

ピンク色のジャージの上に白いパーカーを着た男、イングリットが……コンビニ帰りなんだろう、小さなビニール袋をブラブラさせながら近づいてきた。

「こんな時間にどうしたの？」

イングリットは小首を傾げる。

「うちに来たんじゃないの？　由起奈、いたでしょ？」

「いた」

頷いてから、暁は男の顔を見た。

「今日、行く」

どこへ？　と問い返した後で、男は思い当たったのか「嘘でしょ」と両手で口を覆って叫んだ。

「あんた、何も言ってなかったじゃない」

「だから今、話をしてる」

男は飼い主を見失った犬みたいに、急にその辺をウロウロしはじめた。

「急に言われたって、こっちだって困るわ。向こうに行く前に美味しいものでも食べに連れていってあげようって由起奈と話してたのよ」

「いい」

男は怒った表情で唇を尖らせた。

「今の子には情ってもんがないわ。それとも巻き毛ちゃん、あんたが特別なの？」

そういうのはよくわからない。黙っていると、男は諦めたようにため息をついた。見つめられるのが気まずくて俯くと、歩道の脇に黄色いタンポポが咲いていた。

「本当は、何も言わないで行こうと思ってた。会わなかったら、完全だから」

「……意味わかんない子ね、巻き毛ちゃん。あんたは最初からそうだったけど。まぁいいわ。向こうに着いたら、手紙くらいよこしなさいよ」

「書かない」

叩かれそうな気がして一歩後ずさったら、予想通り男の手のひらが空振りして前髪を掠めた。

「書きたくない。……返事がこなかったら嫌だから」

男が「じゃああたしから勝手に送りつけるわよ」と怒鳴った。

「時間がないから行く」

暁が帰ろうとすると、男が横に並んだ。

「……最後に話ぐらいさせなさいよ。歩いてても口は動かせるでしょ」

話をさせろと言ったのに、隣を歩く男は何も喋らない。そよそよと、柔らかい風が通り過ぎていく。

イングリットが紹介してくれた……顔出しなしのヌードモデルのバイトは、時給がとてもよかった。これがなければ、留学なんてできなかった。感謝しているのに、ずっと怖かった。何か裏があるんじゃないだろうか、いつか自分がその裏に気づいてしまうんじゃないかと恐れていた。だから今日は気持ちが軽い。このまま別れて二度と会わなかったら、男は完璧になる。自分の中で、正しく完璧な大人になる。

「日本に帰ってくるの？」

ぽつんと聞かれた。

「わからない」

男は「ふーん」と相槌を打った。

「日本に帰ってきたら、連絡しなさいよ」

「しない。けど二人が何をしてるか、遠くから見てみたい」

男が立ち止まる。つられるように足が止まった。

「ねぇ、巻き毛ちゃん。あんたが帰ってきたら、あたしはいつでも抱きしめて『おかえり』って言ってあげられるのよ」

そういえば……思い出す。暁はシャツのポケットから四つ折りにした紙を取り出した。

「これ」

差し出すと、男は「何？」と紙を広げた。

「向こうの大学の入学許可証。誰にも見せてなかったと思って」

紙を綺麗に四つ折りにして返してきた男は「巻き毛ちゃん、どうしてあんたはそんなにお馬鹿さんなのよ」と少し泣いていた。


着ない服や日用品は、下の子供や職員に引き取ってもらった。不用品を捨てると、自分の荷物は昔、リチャードに買ってもらったスーツケース一つに全ておさまった。

飛行機は午後四時の便なので、昼を食べてすぐに施設を出ることにした。

「今までありがとうございました」

暁が地方の国立大に進学すると信じている職員と、見送ってくれる子供たちに玄関先で礼を言う。

「向こうに着いたら連絡してね」

石本は目に涙をためていた。戸倉に住所を書いていけと言われたけど、大学の寮の場所がよくわからないから後で連絡すると誤魔化した。

見送りに諫早の姿はない。前の日に「明日、行くんだって」と声をかけられた。あれが最後かと思いながら庭を歩いていると「暁」と声をかけられて、ギョッとした。

「出かける用があるから、駅まで送っていくよ。荷物が重たいだろう」

「いい」と言おうとしたら戸倉に「よかったじゃない、暁」と肩を叩かれて、断りづらくなった。仕方なく施設のロゴが側面にプリントされたワゴン車に乗り込む。駅までは歩いて三十分の距離。車だと十分もかからない。

「君が無事大学に進学して、ここを出ていけることになってよかったよ」

運転席から話しかけてくる声は、心から嬉しがっている風に聞こえる。

「高校一年の頃かな。君が何日も無断で外泊したことがあっただろう。あの時は本当に心配したよ。反抗期かなと思ったけど、あれ以降はそんなこともなくて……ただ僕とあまり話をしてくれなくなって、少し寂しかったな」

話をしなくなったのは、子供の反抗期。諫早の中で自分の態度は、そういう風に片づけられていたんだと知った。

「君はしっかりした子だ。でも一人暮らしは初めてだろう。不安になったり、辛いことがあれば、いつでも連絡しておいで。施設は君の家でもあるんだからね」

軽い衝撃。車が信号で止まった。もう二度と施設には戻らない。連絡も取らない。諫早にも会わない。そうすればリチャードのお金を渡してもらえなかったことや、プレゼントをゴミ同然にフリーマーケットに出されたことは、自分から遠くなる。あぁ、もしかしたらこちらが関わりたくないと思う以上に、諫早は自分がいなくなること、帰ってこないことを望んでいるのかもしれない。そうすれば、もう誰にも諫早の嘘がばれることはない。

「君は本当にいい子だったよ」

最後だからだろうか、褒める言葉は惜しみない。そして窓の外の景色のように淡々と流れていく。短いのに長いドライブの後、駅に着いた。暁がスーツケースを下ろしていると、諫早が車を降りてきて紙袋を差し出した。

「これを持っていきなさい」

受け取ると、両手にずしりと重みを感じた。

「これって……」

諫早が何か言いかけた時、耳障りなクラクションが響いた。振り返ると、諫早の車の後ろについた四駆が、邪魔だとばかりに再びクラクションを鳴らした。

「最後なのに、気ぜわしいなぁ。じゃあ暁、元気でね」

微笑み、諫早は暁の肩をポンポンと軽く叩いて車に乗り込んだ。呆然《ぼうぜん》と突っ立っている自分に小さく手を振る。そして四駆に急《せ》かされるように、ワゴン車は走り去っていった。

ある可能性に、両手が震えた。この紙袋の中身は……今までリチャードに援助されていた分のお金かもしれない。諫早は「施設の運営費が足りなくて、君への援助金を借りてたんだ。最後だから君に全額返すよ。今まで本当に申し訳なかった」と謝るつもりだったんじゃないだろうか。

心臓の音がドクン、ドクンと鼓膜に響く。もし本当にそうだとしたら、どうしよう。急に喉が渇いて、頭がクラクラしてきた。

「落ち着け、落ち着け」

自分に言い聞かせて、ひとまずしないといけないことをする。切符を買って、地下鉄の駅の構内に入った。電車が来るまでに、あと五分ぐらいある。ベンチに腰掛けて、深く息をついた。心臓はまだ騒がしい。この騒がしさは、確かめるまできっと落ち着かないんだろう。

覚悟を決め、ゆっくりと紙袋の中身を覗き込んだ。それは更に、薄茶色の紙袋に入っ

駅

ている。そっと口を開けた。

目にした瞬間、肩の力が抜け、笑いが込み上げてきた。透明のプラスティック容器、その中には綺麗な彩りのおにぎりがたくさん入っていた。多分、職員の誰かの手作りだ。

紙袋を脇に除《よ》け、暁は電車が来るのをぼんやりと待った。じわっと瞼が熱くなって、下を向く。乾いたコンクリートの上で涙が弾ける。冷静に考えたら、お金のはずがなかった。そして何の説明もなしに渡されるわけがない。それでも……自分は諫早の良心を信じたかった。信じさせてほしかった。

ずっと謝られたかった。もし謝ってくれるなら、許した。お金はもういいから、一言だけでいいから謝罪が欲しかった。「すまなかった」と。それだけでいいから。

顔を上げる。……追いかけていこうか。駅を出て、タクシーを捕まえて、諫早を追いかける。リチャードから援助や贈り物があったことも、それを盗んでいたことも知っている。知ってるけどもういいから、謝ってくれたら全部許すからとそう言って……。

腰が浮きかけた時、電車がホームに入ってきた。轟音に、熱で浮かされた頭が一瞬で冷めた。スーツケースを持って電車に乗る。中途半端な時間のせいなのか、席はガラガラだった。

電車は一度、大きく揺れてから動き出した。……目指すカリフォルニアの空は、まだ遥《はる》か遠い。暁はスーツケースを強く体に引き寄せた。
自分を傷つけないものは、もう死と未来しか考えられなかった。

＊＊＊

諫早誉一の処置は、三時間ほどで終わった。顔を見れば何か……あの頃の鬱屈とした複雑な感情が沸き上がってくるかと思ったが、それはなかった。昔、イングリットに言われたように、どうでもよくなっている。過去は過去として、知らないうちに折り合いがついていたらしい。

病気のせいだろうか、諫早は皺が増え、頬が痩せこけて歳以上に老けて見えた。小柳のオーダー表に、具体的な指示はない。こういう場合は、葬式まで長引くから単に保《も》たせてほしいというパターンが多い。腐らなければいいのだから、それ以上の要望はない。

どうしようか迷ったが、痩せてはいても、窶《やつ》れたという印象にはならないよう、昔の諫早を思い出しながらティッシュビルダーを注入し、痩せこけた頬に若干、膨らみをもたせた。そうすると見た目の印象が随分とよくなった。

予定よりも一時間ほどオーバーして処置を終え、次のご遺体にかかろうとしたら、諫早の迎えが来たと受付から連絡があった。慌ててスーツに着替え、癖のある髪を手櫛《てぐし》で乱暴にまとめ、待合室へ向かう。

誰が迎えに来るだろう。自分がいる間、諫早は独身だった。結婚はしたんだろうか。職員が来るなら知っている顔かもしれないと思っていたが、待合室にいたのは、見覚えのない二十代半ばの男だった。

「あれっ？」

男が自分の顔を見て、驚いた声をあげる。担当が小柳から自分に変わることは、事務員の松村が依頼人に話をしているはずだ。伝わっていなかったんだろうか。ただでさえナイーブになっているであろう親族にここで「エンバーマーの交代を知らなかったのですか」とは言えなかった。

「はじめまして。小柳にかわりまして、諫早様の担当をさせていただきました高塚と申します」

自己紹介の間、男はじっとこちらの顔を見ていた。昔より少なくなったが、今でもたまに「ハナエ・タムラに似てますね」と言われることがある。この男も母親と自分の類似点が気になっているんだろうか。

「もしかして高塚暁さんですか？」

ゆっくり、確認するように相手が自分のフルネームを告げる。

「……はい、そうですが」

男はにっこり笑った。

「俺のこと、覚えてないですか？　施設で一緒だった海斗……米倉海斗です」

暁の脳裏に、九州の祖母に引き取られていった、痩せた少年の姿が一気によみがえる。海斗だと言われて見れば、鼻や目の形に何となく面影がある。

「本当に海斗か」

「はい。高塚さんはあまり変わってないですね。すぐにわかりましたよ。偶然ってあるんだなあ。俺、今施設で働いているんです」

虐待の後遺症で、女性の職員になかなか馴染めなかった海斗。今の快活な姿からは、その頃の寂しい子供の気配は微塵《みじん》も感じられなかった。

「大学で上京している間に祖母が亡くなって、面倒だったたから田舎には帰らずに、こちらで施設に就職したんです。高塚さんは施設を出ていってから一度も連絡がない、どこで何をしてるんだろうって石本さんが嘆いてましたよ。まあ、出ていってから施設での過去はなかったことにする子もいるんで、みんな深追いはしてなかったですけど。中の職員も変わったから、昔からいる人ってもう石本さんぐらいじゃないかな」

若くて、綺麗で、優しかった石本。懐かしさが込み上げてくる。

「高塚さんがこういう仕事をしてるなんて想像もしなかったな。昔からちょっと変わった人だなとは思ってたけど」

口にした後で、海斗は「変わったっていうのは、悪い意味じゃないですよ」と慌てて付け足した。

「俺、本当言うと施設にいた時のことはあまり覚えてないんです。けど高塚さんは記憶に残ってるっていうか。一緒にフリマに出たこととか……」

懐かしいし、もっと話をしたい気もするが、時間にあまり余裕がない。

「……ご遺体の確認をしてもらってもいいか？」

「あぁ、もう車に乗っけちゃってください」

「一度は見てくれ。今の印象と違っていたらお別れに来る人も戸惑うだろう。今ならまだ修正が利く」

「けど……」

言葉が表情に出る。海斗の顔が『面倒くさい』と言っている。

「施設を出ていった子供たちにもお別れさせるため、時間を稼ぐためにエンバーミングしたんじゃないのか。その子たちが望むような顔になっているかどうか、正直、今の俺にはわからん」

海斗は「高塚さんにはかなわないな」と小さく肩を竦めた。ＣＤＣルーム（遺体の化粧、着衣、納棺を行う場所）で、棺におさまった諫早を覗き込んだ海斗は「あれっ」と声をあげた。

「頬とかこけてなかったですか？　骨と皮だけでガリガリだったのに、何だか普通に戻ってる。エンバーミングで綺麗になるって話には聞いてたけど、凄いですね」

海斗はじっと諫早を見ている。その目は死者への悼みというより、道に落ちている石でも眺めているかのように、感情が見えなかった。

「石本さんがどうしてもエンバーミングしたいって言ったんです。出ていった子供たちを、園長先生に会わせてあげたいって。……俺的には、この人のためにわざわざ遠方から足を運ぶ奴の気が知れないけど」

棘《とげ》のある言葉と裏腹に、自分に向けられた表情は穏やかだった。

「高塚さん、仕事でこの人に関わったからって、葬式とか来なくてもいいですよ」

だって、と海斗は続けた。

「この人のこと、嫌いだったでしょ」

自分を見る海斗の目が「そうですよね」と促してくる。確かに自分は諫早に対して特別な感情があった。愛されたい気持ちと憎悪が絡まり、胸の中でヘドロのように堆積していた。けどそれも昔の話だ。

「俺はこの人の世話になった。それはお前も同じだろう」

海斗は何度か瞬きすると「高塚さんはやっぱり優等生だなあ」と落胆した表情を見せた。……結局、仕上がった状態から処置の手直しを要求されることはなかった。

諫早を乗せたボックスカーを搬出口で見送る。車はレースのように細かい雨の中、白くぼやけてすぐに見えなくなった。

来なくていいと言われたが、葬式には行く。どちらにしろ小柳が仕事に来られなければ、メイクも含めて自分が手直しをしないといけない。

海斗は諫早に対して冷ややかだった。そして負の感情を隠しもしない。不思議に思う。海斗は施設の中で、諫早に一番懐いていた。だからこそ諫早を慕って施設に就職したんじゃないんだろうか。職員として働いているうちに、意見が食い違うことなどあったのかもしれないが。

海斗を見ていたら、どうしようもなく若く、感情を上手く制御できず、ひたすら嫌悪して離れるという選択肢しか選べなかった過去の自分と重なる。

あの頃の自分を、感情を掘り返すのはしんどい。じゃあ今は？

諫早から離れた時のように、学ぶという未知の世界があり、日本に思いを馳《は》せる暇もないほど忙しいわけでもない。自分が望んだ仕事を淡々とこなしていく毎日は、頭の中に考えるという余計な隙間をつくる。

どっちもどっちだ。一足飛びに十年ほど過ぎてしまわないだろうかと思いながら、暁は小さく息をついた。

友達とライスボール

【ハイ、アキラ】

顔を上げると、金色の長い髪が日に透けて、キラキラと光っていた。整った輪郭を曖昧にさせる、鼻の下と耳たぶのごついピアス。それに加えて濃いメイクと黒い服のせいで、ヘビーメタル系ロックバンドのメンバーと言われても違和感のない風貌のパットが、暁に向かって目を細めるだけ、小さなアクションで笑顔を見せた。

【……ハイ】

こちらが返事をするのとほぼ同時に、パットはベンチの隣にドスンと腰を下ろした。厚底ブーツを履いた足を組み、暁が脇に置いていた紙袋を覗き込む。

【ライスボール、美味しそう】

パットの緑色の瞳は、紙袋の中のおにぎりを凝視している。

【……一個だけなら、食っていい】

許可すると、パットは紙袋からおにぎりを摑み出し、バクリと食いついた。包んでいたラップごと飲み込みかねない勢いは、腹を空かせた野良犬だ。

【これからバイトなのに、お腹が減っちゃって。暁が中庭にいるのが見えて、ラッキー

だった】

パットはラップに残った米粒まで舌先ですくって食べ尽くす。

【人の貴重な昼飯を、おやつがわりにするんじゃない】

【バイト先で何か余ったら、持ってきてあげるって。あ、今日はダイナーじゃなくて清掃なんで無理だけど】

【いらん。お前のバイト先のメシはまずい】

【えーっ、美味しいって評判なのに。やっぱあんたの舌って馬鹿なんじゃないの？】

パットは立ち上がり【じゃーね】と右手の指をチョイチョイと動かして、歩き去った。貴重な食糧を消費されても、さほど腹は立たない。自分と同じ奨学生で、生活はギリギリ。常に腹を空かせているのを知っているからだ。

パット……パトリシア・スチュアートは、いかついメイク、そして成績はトップというギャップで目立つ存在だった。社交的であることがマナーとされるアメリカで、人嫌いなのかと思うほど、パットは他の学生と関わりを持っていない。最初は単に一人が好きなのだろうと思っていた。

実習でチームを組んだ際に、初めてパットと話をした。これまで触れたこともないエンバーミングの機具に自分は戸惑っていたが、彼女は慣れたものだった。

「上手いもんだな」

思わず日本語が出ていた。顔を上げたパットが不機嫌そうな顔で【今、なんて言ったのよ】と睨んでくる。外国語で悪口を言っていると思われたのかもしれない。

【……機具の扱いが、上手だと】

パットの表情がフッと和らいだ。

【うちは家が葬儀社で、昔からこういうのを使って遊んでたから馴染みがあるの。……さっきのカチカチしたのは、どこの言語？】

【日本だ】

【あんた日本人なの？　中国人かと思ってた】

それから何度か二人でチームを組むことがあった。パットの手技は多少工程を省くことはあるものの丁寧で速い。自分も器用な方だったので、二人だとあっという間に実技の課題が終わり、講師からは【ベストコンビだな】と言われた。自分的には、無駄口を叩かず、黙々と課題をこなすパットとのチームはやりやすかった。

半年ほど前だった。大学の中庭で、暁が狙っていた木陰のベンチにパットが座っていた。どうするか迷ったが、図書館で食事はできない。芝生には直接座りたくないし、他に日陰になったベンチもない。パットは椅子の端に座っていたので、まぁ、いいだろうと判断して隣に腰掛けた。

気配に気づいたのか、パットがこちらを見たので一応【ハイ】と声をかけたが、パットは無言。機嫌が悪いなと思いつつ、気にせず教科書を開き、サンドイッチにバクリと食いついた。寮は隣り部屋の中国人留学生が友人を呼んで騒いでいてうるさく、集中できなかった。

ベンチの上で膝を抱えて座っていたパットが【ねえ】と声をかけてきた。

【それって、嫌がらせ？】

パットの緑色の瞳が、こちらを睨みつけている。

【どうして隣で、サンドイッチなんか食ってるのよ】

【俺の昼食だからだ】

【私はこんなにお腹が空いてんのに！】

腹が空いてるなら、食堂か売店に行けばいいじゃないかと思いつつ【食うか？】と手製のサンドイッチを一つ差し出した。パットが何度も瞬きし、そして【いいの？】と小さな声で聞いてくる。

【腹が減ってんだろう】

バッと毟《むし》るようにサンドイッチを奪い取り、ガツガツとものの数秒で食い尽くした。

【あ、やば。ちょっと食べたら、もっとお腹が減ってきた】

パットが自分をじっと見つめてくる。

【実はお金がなくて、もう二日もまともに食べてなくて倒れちゃいそうなの。何かおご

ってくれない】

ストレートに要求された。厚かましい奴だと呆れたが、空腹が辛いのは経験があるので、無視できない。自分も金銭的に余裕はないが、売店でチップスと飲み物を買ってきてパットに差し出すと、バクバクと数分で平らげて【生き返った！】と満足げな顔をした。

【あんたって表情もないし、喋らないし、得体が知れない奴って思ってたけど、親切ね】

それからパットは腹が減ると、暁を探して食事をたかってくるようになった。十七歳の時に事故で両親を亡くし、奨学金で大学に通い、バイトで高校生の弟の生活費をまかなっていると、身の上話も聞かされた。将来は実家の葬儀社を再開するのを目標にしているらしい。

大学では週末ごとにどこかの寮でパーティをやっている。暁は勉強したかったので参加したことはないし、誘ってくるような友人もいない。パットは【あんな酒とセックスしか考えてない能天気な奴らに付き合ってらんないし、バイトが忙しくてそんな暇ないわ】と小馬鹿にしていた。

暁はアメリカの大学に、エンバーミングの技術を習得するためにやってきた。入学して一年と二ヶ月が経過し、日常会話でのコミュニケーションは何とか取れるようになったものの、相変わらず勉強は大変で、授業となると専門用語も多く、ノートを取るのも理解するのも必死。実習が一番楽なぐらいだった。自分はいつか日本に帰る。こちらで友人を作るつもりなどなかったのに、パットとは自然と関わる頻度が高くなっていた。

段々と辺りが薄暗くなってくる。気づけば四時間近くベンチで勉強していた。図書館に行けばよかったのに、集中しているうちに時間を忘れていた。昼間は暖かかったが、日が傾くと急に寒くなってくる。やっぱり十一月も終わりだなと思いつつ、寮の部屋に帰りかけたところで、ドガッシャンと激しい音が聞こえてきた。

音のした方に、野次馬が向かっていく。学生が大学内で交通事故でもおこしたんだろうか。それがどうも自分の寮のある方向で、嫌な予感がして見に行くと、案の定だった。ボンネットが長いクラシックカーが、二階建てで木造の寮の一階部分に、突き刺さる形で突っ込んでいる。まるでコメディ漫画のワンシーンのようだ。そして車が突っ込んでいる寮の二階、真上には自分の部屋があった。

クラシックカーを運転していた男が、車から引きずり出されている。ぐったりしているが、血は出ていない。ボンネットが長いのが幸いしたんだろう。建物の中からぞろぞろと寮生が出てくる。その中に隣り部屋の留学生を見つけた。突っ込まれた部分、あそこはリビングだったので気になり様子を聞くと、幸い事故当時は誰もそこにいなかったと知らされてホッとした。

車は誰かが運転して、無事に寮から引き抜かれたが、それと同時にミシリと嫌な音がした。ミシ、ミシという音と共に、明らかに寮の建物そのものが傾いてきている。

暁の住んでいるこの寮は、築年数がわからないほど古く、おかげで寮費も破格。しょっちゅうあちらこちらの設備が故障しているが、値段相応だと割り切っていた。

古い上にアメ車のアタックを受け、ミシミシと斜めに傾いた寮は、ちょうどピサの斜塔の角度で止まった。どこからどう見てもやばい。中に入った途端、倒壊しそうだ。暁は「どうするんだ、これ……」と呆然と立ち尽くした。

ピザの箱やテイクアウトの容器を、暁は黙々とゴミ袋に詰めた。最初は無視して寝ようと思ったが、横になったら目に入るので気になって仕方ない。その上、眠れそうもないので、暇つぶしに片づけることにした。

ここ一週間ほどは散々だった。寮に車が突っ込んで建物が傾き、倒壊の危険があるということで即刻、立ち入り禁止になった。専門家の調査が終わるまでその状態は続くようで、暁は自分の荷物を何も持ち出せなくなった。

寮生は二十二人いて、みんな他の寮の空き部屋や友達の部屋に一時的に泊まらせてもらうことになった。暁も他の寮に移ったが、入って三日目に隣の部屋の寮生の彼女が、彼氏がＤＶすると暁の部屋に逃げ込んできた。数時間置いてやっただけだったのにそいつは彼女の浮気を疑って暁を敵視し、夜中もガンガンに音楽をかけて嫌がらせをするようになった。たまりかねて一言注意をしたら、そいつの逆鱗《げきりん》に触れて大喧嘩。音楽のボリュームは余計に大きくなり、寮の管理人に「トラブルを持ち込むな、出ていってくれ」と理不尽に部屋を追い出された。

夏場ならともかく、十一月のこの時期は気温も低く外で寝るのはキツい。学内の建物のどこかで休ませてほしいと思っても、どの職員に相談すればいいのかわからない。途方に暮れていたら、バイト帰りのパットとはちあわせた。事情を話すと、【うちの家のリビング、貸してあげるわよ】と言ってくれた。女性の家に泊まるのはどうかという躊躇いはあったが、パットは【弟がいるし。それにあんた、私なんてタイプじゃないでしょ】と全く気にしていなかった。

そうしてパットの家のリビングに、次の部屋が見つかるまでは居候させてもらえることになったが、先行きは暗い。あの格安の寮が取り壊されるとなったら、次の寮は確実に寮費が上がる。自分はこれまでアルバイトをしてこなかった。留学生が働くには条件があるし、勉強と英語に追い立てられて時間もなかった。諸々《もろもろ》に慣れてきたので、この冬はアルバイトをする予定ではあったが……。

日本を出る前に、ある程度の生活資金は用意してあったものの、節約しても小さな出費が重なり、最終学年までもたないのは確実だった。それでもバイトでギリギリ補えるだろうと試算していたが、そこに寮費の値上がりという追い打ちをかけられる。あと節約できるものといえば食費だが、現時点でギリギリまで切り詰めているので、これ以上削るのは厳しい。となるといったん休学し、働いて金を貯めるしか手立てはなかった。

鬱々としたまま片づけを続行し、一時間もすると、ゴミはほぼなくなり、リビングはすっきりとした。動いたことで少し眠気もでてきて、ソファで横になる。ブランケットにくるまりながら、こうやって家に泊めてくれる人がいただけでもよかったと、そう思いながら目を閉じた。……が、夜中、激しく揺さぶられて目を覚ました。煌々《こうこう》とした明かりの中、浅黒い肌の巨漢が自分に覆い被さっている。

【お前は、誰だ】

男の声は低く、青い瞳は尋常ではない殺気を纏《まと》っている。

【誰だと言われ……】

最後まで言い終わらぬうちに、胸倉を摑まれてぐうっと引き上げられ、そのまま投げつけられた。自分が詰めたゴミ袋の山の中に背中から突っ込む。それがクッションになって床への直撃は免れたものの、巨漢は再び近づいてきて、ゴミ袋に埋もれる暁の腕を摑み、今度は拳で顔を殴りつけてきた。容赦のない一撃に脳味噌《のうみそ》がグワンと揺れ、目の前が真っ暗になる。

【ちょっと！　何してんのよ】

パットの叫び声が聞こえた。

【お前、俺のいない間にこいつを連れ込んだのか！】

男が野太い声で吠える。

【そいつは大学の友達よ。行くとこがないからうちに泊めてあげてるの！】

【嘘をつくな！】

【こんなことで嘘ついてどうすんのよ！　それによく見てみなさいよ。こんな細身のアスパラ男に欲情するわけないいじゃない！　私のタイプはあんたみたいな筋肉男よ】

男は一瞬動きを止め【まあ、そうだな】と納得したものの【やっぱり気に食わん】と吠えた。

パットと男は口喧嘩していたが、そのうち男が先にリビングを出ていった。パットは暁に近づいてきて【ごめん、馬鹿な彼氏で】と謝ってきた。

【あいつ、レスラーなの。興行があってしばらくいなかったんだけど、急に帰ってきてさ。休みの間はずっとうちにいるんだよね】

男の趣味は最悪だなと、暁が暗澹《あんたん》たる気分で口許を拭うと、手の甲に少しだけ血が滲んだ。

【男相手だとあいつ、すぐに手が出るんだよね。うちにいると面倒なことになるかも。暁、あんた他に行くあてはある？】

行くところは、ない。

【アメリカで、頼れる人とかいないの？】

脳裏に、リチャードの顔が浮かぶ。母親の恋人だった男。アメリカに留学すると真人を通じて伝えた時、彼は【どこの大学だい】【僕に援助させてくれないか】と申し出てくれたが、断った。連絡先も教えられたが、忘れてしまった。今更……という思いもあるし、あの人に期待したくない。頼りたくない。

【いないな】

パットは【うーん】と腰に手をあて唸る。厚かましいところはあるが親切なパットを困らせている。無関係の人間に、迷惑をかけている。自分に手立てがないわけではない。可能性を、個人的な感情で遠ざけているだけだ。

【すまない】

謝ると、パットは【まあ、これぱっかりはどうしようもないし】と肩を竦めていた。

一晩悩んだ。悩んで、何も解決策が見いだせないまま、携帯電話で「リチャード・カーライル」を検索した。世界的な有名プロデューサーに直通する連絡先など簡単に出てくるわけもない。

リチャードのマネージャー、ジョン・マクディルで検索するも、そちらも連絡先はわからない。いつも通訳の真人を通じて二人から接触があったので、連絡先は知らない。諫早は知っているだろうが、二度と関わらないと決めている。

やっぱりあの人とは縁がなかったんだなと諦めかけて、ふと真人はどうだろうと思い立った。ダニエル・真人・オースティンのフルネームで検索すると、SNSのアカウントが出てきた。アイコンの顔写真も真人だから、本人で間違いない。

そこに実名を入れて、メッセージを書く。連絡を取りたい人がいるので、繋いでくれないかと。書いたはいいものの、そのメッセージを送信できない。躊躇って、指が止まる。彼はリチャードに頼まれたから自分の様子をみていただけで、こちらから連絡しても、迷惑かもしれない。無視されるかもしれない。期待をしたくない。

だけど、困っている。赤の他人のパットに迷惑をかけている。リチャードも赤の他人と言えば他人だ。自分はいろんな人に、迷惑をかけて生きている。やっぱりやめようとメッセージを消した。一時間ぐらい書いたり消去したりを繰り返して、最終的に考えるのも迷うのもしんどくなって、送信した。

……迷惑をかけるなら、パットよりもリチャードの方がましだろう。お金もある。少し援助をしてほしい。お金をくれというわけじゃない。足りない分を少しだけ、援助してほしい。必ず返す。働いて返す。

期待している自分に、言い聞かせる。これは、宝くじみたいなものだ。真人から連絡はこないかもしれないし、無視されるかもしれない。だから自分は、自分でなんとかする方法を見つける努力をしないといけない。

前向きにと己に言い聞かせ、大学で留学生のサポートをしている職員に相談してみた。今まで住んでいた寮は取り壊しが決定していた。他の寮も定員オーバーで、もう入れない。大学の外でアパートを探すとなると値段が上がるのは不可避だった。金がなくなった時点で休学し、しばらく働いて金を貯めてから再び学ぶというパターンが現実味を帯びてくる。完全に金がなくなってからよりも、きりのいいところで休学するべきだろうなと考えながら図書館に向かっていると、真人から返信があった。電話番号が知りたいとある。教えると、画面を見ていたかのような速度で着信があった。

『久しぶりだね。急に連絡があって驚いたよ。元気かな？』

真人の声は以前と変わらず、明るい。そして久しぶりに聞く日本語が身のうちに染みる。

『大学生なんだろう。キャンパスライフはどうだい？』

「勉強が大変です」

真人は『ははっ』と声を上げて笑った。

『僕も学生時代には戻りたくないな。レポート、課題、レポートで大変だったからさ』

ところで、と真人が続ける。

『連絡を取りたい人って、もしかしてリチャードかな？』

真人は鋭い。いや、そんなの真人に頼んだ時点で、誰なのか限られている。

「あの、それはもういいです」

『いいの？』

トラブルに見舞われて、少し気弱になっていただけだ。解決する方法が、ないわけではない。

真人は仕事中だったようで長話はできなかったが『何か困ったことがあったら、この番号にかけてきて』と言ってくれた。たとえそれが社交辞令だったとしても、気持ちが少し軽くなった。

中庭のベンチで課題をやりながら、留学生でもできる、割のいいバイトはないものかと考えていると、携帯電話に着信があった。知らない番号だ。無視しようとしたが……なんとなく、あの人のような気がして、電話に出た。

【こんにちは】

小さな声だ。

【はい】

【暁かい？】

緊張しつつ【そうです】と答える。

【僕だよ、リチャードだ】

携帯電話を持つ手が震えた。

【お久しぶりです】

【君から連絡があったって真人が教えてくれたんだよ。そしたら僕も君と話がしたくなって無理に番号を聞き出したんだ】

【そうですか……】

英語は話せるのに、言葉が続かない。

【何か困ってることがあるんじゃないのかい？】

そう聞いてきたあとで、リチャードはすぐさま【あ、無理に言えってわけじゃないからね】と焦った調子になった。

【君はLAの大学にいるんだよね】

なぜリチャードは知っているんだろう。自分は真人に大学名を話していただろうか。

【もし君さえよかったら、今晩食事でもどうだい？　遅くなったけど、入学祝いだよ】

ああ、期待はしたくない。甘えたくはない。でも自分に話しかけてくる優しい声は、欲しい。

【夕飯は、誰かと約束してる？】

【それはないですけど……】

【僕とは会いたくないかな？】

リチャードの声のトーンが下がる。もしかして自分は、この人をずっと傷つけていたんだろうか。

【そんなことはないです】

【じゃあ、今晩迎えに行くよ。何時がいいかな？　とびきり美味しい店を予約しておくよ】

リチャードの声が嬉しそうに上擦っている。

【あの、俺から行きます。だからあなたのいる場所を教えてください】

期待はしたくない。待ちたくはない。だから自分から行く。いなければ、帰ればいい。

リチャードは少し黙って、そしてＬＡにある映画スタジオの名前を告げた。

【君の名前と僕の名前を出せば、中に入れるようにしておくよ】

約束をして、電話を切った。途端、体が震えはじめた。酷く不安になってくる。全ての判断は、自分に委ねられた。スタジオまでバスで行くなら、今から準備しなければという焦りと、やっぱり行くのが怖いという気持ちがせめぎ合う。

かすかな電子音。携帯電話にメッセージが入る。パットからだ。

『住むとこ、決まってないんでしょ。あと二日ならうちに泊まっていいわよ。彼氏が興行で二泊三日でフロリダに行くって連絡があったから』

ああ、パットは親切だ。

『晩ご飯、遅くなっていいなら、バイト先から何かもらってきてあげる。まずくて嫌かもしんないけど、あんたもお金ないんでしょ』

『夜はいらない。食事の約束がある』

そう返信する。既読がつき、少ししてからレスがあった。

『あんたあたし以外に一緒に食事できるような相手がいるんだ。よかった。じゃ心配いらないわね』

……一人がよくても、一人では生きていきづらい。人を信じるのは怖いし、信じられない。けど自分が信じられなくても、助けてくれる人は、いる。そういう人は、ずっと傍にいたのかもしれない。

自分は、リチャードに会いに行く。援助が欲しいとか、そういうこととは関係なく……あの人に、会ってみたい。話がしたいと、そう思った。

本書は、二〇一一年十月、書き下ろしノベルスとして蒼竜社より刊行された『吸血鬼と愉快な仲間たち5～Love endure～』収録の「吸血鬼と愉快な仲間たち　番外編」に、書き下ろしショートストーリー「友達とライスボール」を加え、『吸血鬼と愉快な仲間たち　bitterness of youth』として再編集しました。

本文デザイン／目﨑羽衣（テラエンジン）
本文イラスト／下村富美

木原音瀬の本

捜し物屋まやま（全3巻）

放火で家が全焼した引きこもりの三井は、謎の〝捜し物屋〟を営む間山兄弟と、ドルオタ弁護士に助けられるが……。ちょっと不思議で怖くて愉快。四人（と一匹）のドタバタ事件簿！

集英社文庫

木原音瀬の本

ラブセメタリー

「僕は大人の女性を愛せません。僕の好きな人は、大人でも女性でもないんです」欲望に弄ばれる二人の男と、その周囲の人々の葛藤をリアルに描いた衝撃の問題作。

集英社文庫

集英社文庫

吸血《きゅうけつ》鬼《き》と愉快《ゆかい》な仲間《なかま》たち bitterness《ビターネス》 of《オブ》 youth《ユース》

2024年 3 月25日 第 1 刷　　定価はカバーに表示してあります。

著　者　木原《このはら》音瀬《なりせ》

発行者　樋口尚也

発行所　株式会社　集英社
東京都千代田区一ツ橋2-5-10　〒101-8050
電話　【編集部】03-3230-6095
【読者係】03-3230-6080
【販売部】03-3230-6393（書店専用）

印　刷　大日本印刷株式会社

製　本　大日本印刷株式会社

フォーマットデザイン　アリヤマデザインストア　　マークデザイン　居山浩二

ISBN978-4-08-744629-6 C0193